泰戈尔精品集

【诗歌卷】

TAIGE'ER JINGPIN JI SHIGE JUAN

【印度】泰戈尔 著

白开元 译

时代出版传媒股份有限公司
安徽文艺出版社

图书在版编目（ＣＩＰ）数据

泰戈尔精品集·诗歌卷 /[印]泰戈尔(Tagore,R.)著；白开元译．—合肥：安徽文艺出版社，2011.7
　　ISBN 978-7-5396-3668-9

Ⅰ.①泰…　Ⅱ.①泰…　②白…　Ⅲ.①诗集－印度－现代　Ⅳ.①I315.15

中国版本图书馆 CIP 数据核字(2011)第 044532 号

出 版 人：朱寒冬		策　划：刘哲	
责任编辑：刘　哲　胡　莉		装帧设计：徐　睿	

出版发行
时代出版传媒股份有限公司　　www.press-mart.com
安徽文艺出版社　　www.awpub.com
地　　址：合肥市翡翠路 1118 号　邮政编码：230071
营 销 部：(0551)3533889
印　　制：合肥义兴印务有限责任公司　　(0551)3355286

开本：700×1000　1/16　印张：21　字数：400 千字
版次：2011 年 7 月第 1 版　　2011 年 7 月第 1 次印刷
定价：34.00 元

(如发现印装质量问题，影响阅读，请与出版社联系调换)

版权所有，侵权必究

总序

罗宾德拉纳特·泰戈尔(1861—1941)是印度现代时期出现的一位文化巨人,集文学家、艺术家、哲学家、教育家和社会活动家于一身。综观他的生平著述和活动,所体现的文化创造力是令人惊叹的。

作为文学家,泰戈尔的创作涉及各种体裁:诗歌、小说、散文、戏剧、文论和歌词等。而且,各种体裁的作品都有相当可观的数量,并展现独到的艺术成就,堪称世界文学史上并不多见的全才型的伟大作家。

泰戈尔的文学创作既扎根于印度母亲大地,又有宽阔的世界视野。他熟谙印度历史悠久的宗教、哲学和文学传统,又关注西方现代文明和文学的发展。他头脑清醒,目光敏锐,对于这两者文化,都善于吸收其精华,而抛弃其糟粕。他是沟通和融合东西方文化的成功实践者。他的创作贴近自然、社会和人生,浸透人道主义精神。他注重作品的内容和情感,也讲究表现形式,追求完整和谐的艺术美。因此,阅读他的作品,总会让人感受到其中蕴涵的思想和艺术魅力,可以细细咀嚼和回味。

中国和印度同为文明古国,有着两千多年的文化交流史,而泰戈尔是现代中印文化交流的伟大使者,由于中印两国在近代共同的历史命运,泰戈尔对中国人民始终怀有深切的同情和真挚的友好情意。他曾经两度访华,与中国人民结下深厚的情缘。他还有一个美好的中文名字,叫"竺震旦"。他的作品也受到中国一代又一代读者的由衷喜爱。在20世纪中国的外国文学翻译中,泰戈尔是作品获得翻译和出版数量最多的外国作家之一。

今年是泰戈尔诞生150周年。为此,安徽文艺出版社出版这套4卷本的《泰戈尔精品集》。我要在这里特别提请读者注意的是,这套精品集的译者是白开元先生。白先生是国内屈指可数的精通孟加拉语的专家之一,而且,他毕生专注于泰戈尔作品的研读和翻译。泰戈尔是用孟加拉语写作的作家。文学是语言的艺术。因此,强调从原文翻译是翻译界的共识。而国内长期以来缺乏通晓孟加拉语的人才,以至过去的泰戈尔作品译本大多从英语或其他语言转译,也是迫不得已。现在,白先生奉献给读者的这套《泰戈尔精品集》全部是依据孟加拉语原文翻译的。这是值得我们额手称庆的。这样,出版白先生翻译的这套精品集,也为纪念泰戈尔诞生150周年增添了一种特殊的意义。

黄宝生
2011年2月10日

译序

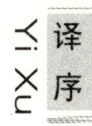

罗宾德拉纳特·泰戈尔(1861—1941)是驰名世界的天才大诗人,印度和孟加拉国人民虔诚地称他为"诗祖""诗圣"。1913年,他把他的一部分孟加拉语诗歌译成英文,取名《吉檀迦利》,他因这部诗集荣获诺贝尔文学奖。

除了八个英语诗集,泰戈尔还写有53部孟加拉语诗集。大致可分为抒情诗和叙事诗两类。

炽热的爱国主义情怀,是泰戈尔抒情诗的重大题材。

1919年发生阿姆利则惨案,泰戈尔勃然大怒,宣布放弃"爵士"的称号。他钦佩那些身陷囹圄、坚贞不屈的爱国志士,在《致帕卡萨城堡里的政治犯》一诗中,赞扬他们是天神的子孙,以锁链的韵律阐述自由。显然,泰戈尔把印度独立的希望寄托在他们身上。

19世纪90年代初,泰戈尔在希拉伊达哈地区经管祖传田庄,创作了包括《孟加拉母亲》《帕德玛河》在内的大量贴近现实、贴近生活的现实主义诗作。

《为何甜美》《摘月亮》等儿童诗,是泰戈尔诗歌中的精品。他创作的孟加拉语儿童诗,别具一格,趣味无穷。诗人用一支彩色神笔描绘了儿童生活丰富多彩的画面,感人至深地表现孩子与父母的骨肉情义。

泰戈尔的哲理抒情诗,是他姹紫嫣红的诗苑里一株散发幽香的奇葩。泰戈尔的孟加拉语哲理诗有三集,即《尘埃集》《随想集》《火花集》。《尘埃集》的短诗通过动物、植物的对话,情态描写,间接地反映社会现实。《随想集》和《火花集》是题诗的荟萃。这两集的短篇,玲珑晶莹,意蕴深厚,或表达对爱情、人生、自然和大千世界的深刻思索,或抒写与各国知名人士的友情,或阐述对文学、绘画、音乐的真知灼见,或表示对年轻一代的殷切期望。

爱情在泰戈尔诗歌的创作中占有非常显著的地位。他写的爱情诗,数量之多,内容之广,种类之繁多,在世界上是罕见的。泰戈尔的早期爱情诗,歌颂自由恋爱,以火热的语言,大胆礼赞女性美;宣扬人道主义和尊重女性平等的选择。这是对封建制度的猛烈冲击,对落后陈腐的礼教的极大蔑视。诗人在农村时,用他的生花妙笔创作了《同一座村庄》等佳作。这些作品格调清新,富于孟加拉水乡特有的色彩和情调。

在20世纪初叶印度民族独立运动掀起第一次高潮的前夕,泰戈尔与群众一起走上街头,示威游行,在集会上慷慨激昂地发表演讲,并以诗笔为武器,写了许多充满爱国激情的诗作,《故事诗集》是最有代表性的名作。这部诗集取材于民间故事和佛教、锡克教、印度教的传说,讴歌为民族独立献身的大无畏精神。

名作《两亩地》揭露了地主阶级的剥削,艺术地再现了农民蒙受的欺压和封建地主的贪婪、残暴。在这首诗中,诗人表示了对地主巧取豪夺、鱼肉乡民的愤慨和对在水深火热之中的农民的同情。

1938年,泰戈尔在他的歌词全集再版说明中说,读者可以把他写的歌词当抒情诗来欣赏。

笔者手头的泰戈尔歌词集《歌之花园》中,共收入泰戈尔的歌曲逾1700首。其中爱国歌曲62首,祭祀歌曲700首,爱情歌曲500首,歌咏季节的歌曲283首,其他歌曲178首。加上《岁月之鹿》《蚁蛭的天才》《吉德拉》等舞剧、歌剧中的唱词,总数逾两千,是不争的事实。

印度独立后,他写的歌曲《印度的主宰》定为印度国歌。孟加拉国独立后,《金色的孟加拉》成为孟加拉国国歌。这两首歌曲将世世代代传唱下去,抒发印度、孟加拉国人民对祖国母亲的热爱。

泰戈尔以细腻的笔触、优美的语言创作的爱情歌曲,题材多样,生动抒写了相爱的青年男女丰富而复杂的感情。

泰戈尔的自然歌曲中的蓝天白云、和风细雨、绿树碧草、鸟啼虫鸣,融合浓郁感情,给人以不尽的美的享受,能唤起人们对生活的热爱。

泰戈尔歌曲响彻寰宇。然而,泰戈尔歌曲,对于中国的读者以及外国文学研究者来说,至今是未开垦的神秘处女地。本书首次编入诗人写的各种歌词,弥补了译介泰戈尔诗歌的空白。

不同凡响的诗歌艺术技巧，是泰戈尔诗歌至今深受国内外读者喜爱的重要原因。泰戈尔早年广泛涉猎印度古代经典著作和西方优秀作品，兼收并蓄地汲取了丰富的艺术营养，掌握了各种表现手法，并将之轻车熟路地应用于诗歌创作。

首先，泰戈尔善于运用比喻、象征、夸张、暗示、拟人化、通感等手法，驰骋想象，创造奇妙的意境，或托物言志，如《太阳颂》《左右》《火花》；或借景抒情，如《喜马拉雅山》《泰姬陵》；或望景生情，如《流云》《昆虫的天地》；或融情入景，如《赠林徽因》《咏秋》。

其次，泰戈尔诗歌语言风格多样。《东方》《非洲》等政治抒情诗，语句豪放、热烈；《吻》《优哩波湿》等爱情诗，辞藻华丽、柔婉；《实践》《错觉》等哲理诗，字句洗练、凝重；《摘月亮》《星期天》等儿童诗，用语晓畅、浅显。孟加拉语有大量的象声词，泰戈尔把这类象声词与其他词汇巧妙地搭配使用，使诗句富于动感，悦耳动听，渲染抒情主人公的心理活动，增强诗歌的感染力。

在近代世界级的文学大师中，泰戈尔是用生花妙笔抒写对中国人民的友好感情的唯一诗人。

1937年，诗人阅读报纸，得知日本士兵出征前在佛教寺庙举行祭祀，祈祷胜利，不禁怒火中烧，挥笔写了名作《射向中国的武力之箭》，谴责日本军队在中国烧杀抢掠的滔天罪行，对中国人民的抗日战争表示坚决支持。

泰戈尔晚年经常怀念中国的锦绣山河和结识的中国友人，距他谢世仅6个月的1941年2月21日，他以饱含思念之情的笔墨写了一首自由体诗《我有一个中国名字》。1924年泰戈尔访问中国，适逢64华诞。5月8日，北京"讲学社"在天坛草坪为诗人举行祝寿仪式。梁启超为诗人起的中国名字是"竺震旦"。中国称印度是"天竺"，而古代印度称中国为"震旦"。中印合璧的这个名字，是对诗人为促进中印文化交流所作贡献的充分肯定。

光阴荏苒，2011年的5月7日，是泰戈尔诞生150周年。为了对在加强中印两国人民友谊方面作出杰出贡献的诗人表示敬意，笔者从孟加拉语的《泰戈尔全集》中选译了诗人各个时期创作的110首抒情诗、14首叙事诗；从《泰戈尔歌词大全》中选译了各类歌词86首。本书大致体现了泰戈尔诗歌的全貌。

译者水平有限,译文、简析难免有不足之处,真诚希望广大读者提出批评意见,以便今后作进一步修改。

白开元

2011 年 3 月 2 日

CONTENTS 目录

总序/黄宝生 …………………………………… 001
译序/白开元 …………………………………… 003

抒 情 诗

目　光 …………………………………………… 003
黎明盛会 ………………………………………… 004
询　问 …………………………………………… 005
瑜伽行者 ………………………………………… 007
吻 ………………………………………………… 008
思　念 …………………………………………… 009
礼　物 …………………………………………… 011
最后的赠礼 ……………………………………… 012
水　路 …………………………………………… 014
丰熟的八月 ……………………………………… 017
不可摇撼的记忆 ………………………………… 019
发明鞋子 ………………………………………… 021
吉德拉星 ………………………………………… 025
温柔的记忆 ……………………………………… 027
挫　折 …………………………………………… 029
缄默的弦索 ……………………………………… 030
妄　想 …………………………………………… 032
爱情的加冕 ……………………………………… 033

孟加拉母亲 …………………… 036
帕德玛河 ……………………… 037
尘埃集（摘选） ……………… 039
爱神焚烧之前 ………………… 042
爱神焚烧之后 ………………… 044
问　爱 ………………………… 046
碎　梦 ………………………… 048
一颗葡萄 ……………………… 049
同一座村庄 …………………… 051
离　愁 ………………………… 053
片刻的会面 …………………… 055
生命之主 ……………………… 057
当凡世争夺人心 ……………… 058
天与巢 ………………………… 059
爱情的项链 …………………… 060
你完美了死 …………………… 061
为何甜美 ……………………… 063
摘月亮 ………………………… 064
装模作样 ……………………… 066
大　度 ………………………… 068
循　环 ………………………… 069
系一根心弦 …………………… 070
喜马拉雅山 …………………… 071
苦难的模样 …………………… 072
期　待 ………………………… 073
井　台 ………………………… 075
在你沾尘的圣足前 …………… 077
光和影在捉迷藏 ……………… 078
你是光中的圣光 ……………… 079
窃心者 ………………………… 080
形象之海 ……………………… 081

002

百瓣光莲	082
美，拂晓你飘然而至	084
霹雳吹奏你的长笛	085
芳林里逡巡	086
委琐的小我	087
有限中的"无限"	088
心灵的绿荫里	089
你的鲜花每日盛开	090
芳　名	091
乐曲之火	092
美	093
光　牛	094
向你顶礼	095
愁思的雨帘	096
拥抱死亡的心儿	098
一颗心吻颤另一颗心	099
这就是光	100
燃烧的情琴	101
黄昏女神	102
心　镜	103
站在躯壳外面	104
"无限"的大门洞开	105
泰姬陵	106
爱的抚摩	108
天　堂	109
鸿　雁	110
莎士比亚	113
最后的建树	114
星期天	115
想　念	117
谁最淘气	119

003

太阳颂	121
完　满	125
我的玉兰	128
随感集（摘选）	130
寻　觅	134
无所畏惧	135
芒果园	136
致帕卡萨城堡里的政治犯	139
责　问	140
致佛陀	141
东　方	142
人类的儿子	144
一个人是一个谜	146
非　洲	148
射向中国的武力之箭	150
远飞的心绪	152
女儿别	154
失败的玩笑	155
恒　河	156
新婚戒谕	158
天　灯	160
忏　悔	161
飞　人	164
呼吁——致加拿大	166
上　色	167
一篮柑橘	168
他们在劳动	169
我有一个中国名字	171
火花集（摘选）	172
你创造的道路	176

叙 事 诗

婆罗门 …………………………… 179
礼佛的宫女 ……………………… 183
幽会 ……………………………… 187
微小的损失 ……………………… 191
争买莲花 ………………………… 196
舍卫城的吉祥女神 ……………… 198
受辱的丈夫 ……………………… 201
重获丈夫 ………………………… 204
点金石 …………………………… 206
被俘的英雄 ……………………… 208
国王的审判 ……………………… 213
洒红节 …………………………… 214
两亩地 …………………………… 219
无用的礼物 ……………………… 222

歌 词

自然歌词

惊奇中涌出我的歌曲 …………… 227
清泉 ……………………………… 228
诵念哪条咒语 …………………… 229
哦,迦摩维罗 …………………… 230
雨季 ……………………………… 231
流云的游伴 ……………………… 232
扎了一束芦花 …………………… 233
你来了 …………………………… 234
发了酒疯 ………………………… 235

冬　夜	236
芒果花蕾	237
心　林	238
春天的对话	239
啊,温暖的南风	241
热情的春风	242
雾天的吉祥天女	243

杂歌词

梦宫的钥匙	244
圣蒂尼克坦	245
欢乐的海洋	246
蝴　蝶	247
萤火虫	248
晚　灯	249
祝　福	250

祭礼歌词

赞歌之河	251
你的圣琴弹出璀璨的繁星	252
心曲的浓稠夜色里	254
卷起游乐的波浪	255
欢乐浸透幽香	256
你是最珍贵的财富	257
赐　给	258
我被包围	259
我的一生是你的履历	260
仍有风光无限	261

苏醒吧 …………………………… 262
结　局 …………………………… 263

情歌歌词

把倩影投入我的瞳仁 …………… 264
让我思恋的姑娘 ………………… 265
表露我的心迹 …………………… 266
阔别多年的恋歌 ………………… 267
充满苦恋的一颗心 ……………… 268
我心田永久的春天 ……………… 269
把我变作一把琴 ………………… 270
爱要审慎 ………………………… 271
那段往事 ………………………… 273
美不可喻的姑娘 ………………… 274
你不知道 ………………………… 276
她会来的 ………………………… 277
肢体似吹响的情笛 ……………… 278
你赶快来吧 ……………………… 279
化为午夜的阵雨 ………………… 280
绕身的乐音 ……………………… 281
我心里究竟有什么 ……………… 283
你神奇的游戏 …………………… 284
滴溜溜转动的荷眼 ……………… 285
当你凯旋归来 …………………… 286
心　海 …………………………… 287
爱恋的心杯 ……………………… 288
秘爱的深潭 ……………………… 289
不凭仪表迷醉你 ………………… 290
因为有你的爱 …………………… 291
寻找隐藏的心迹 ………………… 292

月亮的笑容之堤决口 …………… 293
让我用 …………………………… 294
冷峻的外乡女 …………………… 295
迟　疑 …………………………… 296
嬉　戏 …………………………… 297
你是谁 …………………………… 298
别无所求 ………………………… 299
谁的目光之风吹动你的心旌 …… 300
仍要记住我呀 …………………… 301
胆小的爱恋 ……………………… 302
我深信 …………………………… 303
肝肠寸断的相会 ………………… 304
我不怕离愁 ……………………… 305
火炼的爱情 ……………………… 306

爱国歌词

起　航 …………………………… 307
奋勇前进 ………………………… 308
响应祖国母亲的号召 …………… 309
啊,舵手 ………………………… 310
啊,薄迦梵 ……………………… 312
英姿飒爽的母亲 ………………… 313
印度——吉祥仙女 ……………… 315
适得其反 ………………………… 316
母亲,向你致敬 ………………… 317
金色的孟加拉 …………………… 318
印度的主宰 ……………………… 320

抒情诗

我这双眼师事黄昏,
赢得了黄昏的灵感。
窥视暮色苍茫的心空,
亿万星星烁烁闪闪。

目　光

我这双眼师事黄昏，
赢得了黄昏的灵感。
窥视暮色苍茫的心空，
亿万星星烁烁闪闪。

你说往日何人知晓，
心里隐藏丰富的感情？
今日借用你的慧眼，
一目了然，我的心灵。

黄昏你素不引吭高歌，
只是默默教人歌曲。
你赋予幽梦般恬静的
普尔比调①以生命的活力。

独自静坐，远望天际，
低声唱起你谱的歌曲。
美妙的旋律融入暮色，
消失在渺茫的"无极"。

---

① 孟加拉曲调名。

黎明盛会

今日我的心扉敞开,
任世界进来热烈拥抱。
柔和的曙色悄然显现,
眺望晨空,把谁寻找?

朝霞映射东方的云彩,
隐隐望见太阳车的一半,
瞻观朝阳,鸟儿呢喃,
黎明的景色多么绚烂!

啊,亲如兄长的晨空,
我飞身跃入你的怀中,
我心与晨光一齐扩展,
转瞬间与你水乳交融。

升起吧,太阳!携带我
乘光舟向东方作远航,
扬帆渡越浩瀚的天海——
呵,太阳,携带我起航!

询　　问

你莫非要告诉我，
你已在我心里苏醒？
眸子里安置个宝座，
面对我明亮的心镜，
端详你绛红的眼睛？

我的柔心在你足下晃，
含羞的荷眼闪着泪光，
春情荡漾的玉体哟，
欲与你合卺共鸳帐。

你的长笛吹出甘露，
攫走了我破碎的心，
绿野充满婉转的鸟鸣，
搅乱我平静的芳魂。

看见你微笑百花怒放，
听到你吹笛杜鹃歌唱，
三界一群群快乐的蜜蜂，
绕着你的圣足,嗡嗡嘤嘤。

牧牛女个个如花似玉，
朱木拿河滨花儿悄悄开，
持重的凉风拂过那碧水，

顷刻间心儿也炽热欢快。

你脸上流连饥渴的媚眼,
你抚摩甜柔使罗陀喜颤。
心里装满你爱的珍宝,
搂着你圣足我沉醉卧眠。

姑娘们问你究竟是谁,
日日频擦思念的泪水。
帕努决意把犹豫抛舍,
一生在你莲足下度过。

瑜伽行者

西天残月坠落。瑜伽行者
　　面对浩渺的大海，
头顶着苍天，蓬乱的长发披肩，
　　合掌静候红日升起。
他身躯高大、赤裸，宽阔的天庭闪着光泽，
　　神态十分安详，
凝视着东方天空，湿润温暖的海风
　　吹拂着他厚实的胸膛。
地极清晰可见，大地兀自酣眠，
　　瑜伽行者默然矗立。
胆怯的海水　退去复回，
　　将他足上的尘土濯洗。
四周一片宁静，没有尘世的喧声，
　　大海低吟浅唱，
仿佛满怀虔诚，以洪波的雄浑
　　赞美将升的太阳。
瑜伽行者似雕像。乍露的一束曙光
　　辉映他平静的脸。
他身后修行的黑夜，双眼缓缓闭合，
　　开始一天的坐禅。
举目遥望东方，明丽的阳光
　　已漫过晨空的额头，
弃家的僧人蓦地　手指着茫茫天宇，
　　高诵吠陀经咒。

吻

唇的耳鼓回萦着唇的絮语,
两颗年轻的心互相轻轻抚摸——
恋人的爱情离家踏上征途,
在热吻中携手向圣地跋涉。
爱的旋律激荡起两朵浪花,
溅落在那四片缠绵的唇下。
强烈的爱恋是那样急切地,
想在身躯的边缘久别重逢。
爱谱写恋歌以华丽的言辞——
唇上层层叠起战栗的吻痕。
从双唇摘下一束爱的花朵,
编织成花环归去何必匆忙!
四片柔唇长久甜蜜地交合,
是情侣笑容的辉煌的洞房。

思　念

我每日以充实的心
　　思念你；
坐在宇宙形成前的静处
　　恭候你。
你无所不在,管辖我的
　　生与死。

我望不到你的边际——
　　内蕴的情爱,
我觅不到一物堪与其媲美。
我的全身心像跃出东山的
　　红日一轮,
似在观望转瞬即逝的
　　一双眼睛——
目光深邃、远大、冷峻,
　　没有界限。
你是玉宇,澄净、寥廓,
我是无涯的沧海碧波,
中间的皎皎圆月使二者
　　世代缱绻。
你是昼夜永久的静谧,
我是周期性的无休的
　　骚动不宁——
纵目望去,地平线上你我

浑然交融。

朱拉萨迦 1889 年

礼　　物

幽秘的心灵中　每时每刻腾涌
　　凡世的波澜，
喧阗的心田因而　素无片时的静憩，
　　昼夜难以入眠。
歌声交织着甘乐，永无休止地扬播——
　　没有歌词只有吟唱。
那种奇妙的声音　急不可耐地唤醒
　　五彩缤纷的幻想。
于是我这一生，不做其他事情，
　　只构建无限的有限。
其间塑造心声的雕像，以希冀
　　以爱情，以语言。

外面的世界赠送　几多芳香几多风景，
　　身着无伴之美的华服，
满腹离愁，朝夕盘桓，来到心扉外面，
　　声调凄怆地痛哭。
耳闻醉人的歌曲，诗人幽深的心灵里，
　　苏醒孤寂的遐想。
离弃隐蔽的府第，迈着羞惶的步履，
　　走来心中成形的愿望。
内心世界外部世界　情真意切地结合，
　　充溢诗人的幸福之情。
在那欢乐的时刻将　生命最美地绽放
　　在你的手上供奉。

最后的赠礼

我是夜阑,你是鲜花。你是花蕾时,
我神志清醒,爱怜地把你搂在怀里,
以暗空的亿万星辰的光辉对你凝视。
你舒瓣吐蕊露出清秀娇艳的面孔时,
黎明已经来临,我的年寿宣告结束,
一束金色的阳光将漆黑的夜幔穿透。
此时你隶属光明的世界,一群蜜蜂
在你四周嗡嗡嘤嘤鸣奏惊叹、兴奋。
南风习习,百鸟歌唱,欢悦的波澜
将原野上新生的精灵颠得方向不辨。
如许光照、生灵,如许嬉戏、歌声,
没有一样属于我,我仅仅能够馈赠
酣眠、安逸,馈赠深表关切的宁谧,
馈赠专注的神色,馈赠难言的隐私。

此外能给予别的东西?艳羡的曙晓
痴呆呆地看着你。晨鸟以百种乐调
歌吟你芳名的时候,从我的眼眶里
不觉溢出一颗晶莹的泪珠,缓缓地
滴落在你的明眸上,旋即返回彼岸。
临别的赠礼——那泪珠蕴涵的忆恋
会使你圆嫩的脸盘在热烈的欢乐中
保持凉快的惬意。一朝黎明的笑容
辉映残夜的清泪,赋予罕有的丽质,

你立刻怒放,花容出落得无与伦比。

红海上　1890 年

水　路

晴空霎时彤云蔽，
疾风飕飕似鸣镝。
　雨云雷频鸣，
　轰隆复轰隆，
白浪素波汹涌起。
疾风飕飕似鸣镝。

风过处林木摇曳，
呻吟声声甚凄切。
　金蛇云中游，
　四野亮如昼，
漠漠晦暗顿撕裂。
风过处林木摇曳。

九天降落滂沱雨，
雨脚如麻久不住。
　间或歇片时，
　积得双倍力，
狂倾疯泻似飞瀑。
九天降落滂沱雨。

濛濛烟雨罩万径，
焦虑心疑时光凝。
　举目眺暗天，

猜度总茫然，
白日是否已逝泯。
焦虑心疑时光凝。

野渡无人泊孤舟，
舟中淹留难释愁。
　何时归田庄，
　茫茫水道长，
暮霭漫漫浓且厚。
野渡无人泊孤舟。

茕茕斜卧舱一隅，
遥想长思愁满腹。
　油灯红一点，
　彻夜与吾伴，
睡神何曾阖双目？
遥想长思愁满腹。

蓦闻惊雷心胆战，
以手抚膺喟然叹。
　隔棂望夜空，
　忧思萦心胸，
长夜独度何凄然。
蓦闻惊雷心胆战。

江风一阵倏吹来，
虚掩舱门砰然开。
　灯火霎时熄，
　物影乱战栗，
清泪不觉簌簌落。
抚胸瑟瑟心哆嗦。

郁郁寡欢眼一双，
离人心间常浮荡。
　风狂雨更肆，
　　霹雳磨利齿，
夜空号哭徒悲伤。
离人心间杏眼荡。

晴空霎时彤云蔽，
疾风飕飕似鸣镝。
　雨云雷频鸣，
　　轰隆复轰隆，
白浪素波汹涌起。
疾风飕飕似鸣镝。

丰熟的八月

河水涨满,稻谷遍野。
我坐着思忖唱哪支情歌。
　格达吉花装点
　芳草萋萋的河岸,
　从白素馨花园
　飘来一缕热烈的芳香。
一阵喜悦充溢我的心房。

阳光灿烂,绿叶闪光。
我琢磨着哪个姑娘眼睛又黑又亮。
　一株株迦昙波树,
　一片片新叶绽舒,
　似乎已变得浓稠,
　那树叶间正溢香的黯黑。
我对谁说我爱上了谁?

雷雨停止,日光明丽。
我思考着送什么见面礼。
　一朵朵白云
　驾清风飞骋,
　累得筋疲力尽,
　显得烦躁不安。
拟定的方案裂成一百块碎片。

白昼行进得倦乏、麻痹。
别人也像我这样联翩遐思？
　　枝条抖颤瑟瑟。
　　卡弥尼花朵，
　　垂落，垂落，
　　落满一地。
朝夕是谁吹凄婉的苇笛？

林地缭绕着鸟儿动人的歌唱。
我自问为什么突然间热泪盈眶。
　　枝头上晃动的黄莺
　　歌喉甘露般甜润，
　　树叶郁郁葱葱，
　　簇拥着一对情鸽。
这一切使我沉入莫名的怅惑。

不可摇撼的记忆

不可摇撼的记忆
　如皑皑雪峰
在我无边的心原
　巍然峙耸。
　我的白天，
　我的夜晚，
环绕幽静的雪峰
　交替往返。

记忆把脚一直伸进
　我的心底——
在我辽阔的心空
　头颅昂起。
　我的诗魂，
　像朵彩云，
围绕它畅笑、低泣，
　等候施恩。

我晓梦的青藤绽生的
　绿叶、花簇
欲伸出柔润的手臂
　将它抓住。
　雪峰摩天，
　杳无人烟，

希冀的孤鸟日夜在
　　幽谷盘旋。

它四周是无尽的行程、
　　人语、歌声，
唯独中央是凝固的寂静，
　　恰似入定①。
纵然驰远，
　　峰峦犹见，
心空深深地刻了一条
　　荧荧雪线。

---

①　入定，指坐禅时心不弛散，进入安静不动的状态。

发明鞋子

赫布说道：“听着，爱卿迦普，
　　朕昨晚苦思冥想，
不明白站在地上，双足
　　为何被尘土弄脏。
汝等享受丰厚俸禄，
　　丝毫不关心朕起居之舒适。
朕之泥土令朕痛苦，
　　岂非王国的咄咄怪事！
　　速速为朕消除烦恼，
　　否则汝等性命难保。”

迦普领旨，回府苦想，
　　胆战心惊，遍体冷汗。
幕僚们吓得面色焦黄，
　　满朝文武彻夜无眠。
膳房里停烹佳肴珍馐，
　　府中一片哀泣、歔欷，
赫布的莲足前，迦普发抖，
　　银髯被滔滔泪水浸湿，
　　奏道：“陛下圣足若不蒙尘土，
　　愚臣如何摸足，恩泽身沐①！”

---

① 印度人以摸足沾尘表示景仰。

国王听罢,摇头晃脑地思忖,
　　末了说道:"言之有理——
不过先得清除灰尘,
　　摸足礼节以后考虑。
倘若没有足尘无从施礼,
　　汝等岂非白享厚禄,
朕何必豢养一大批
　　授官封爵的识字的奴仆?
汝等速办燃眉之事,
　　如何跪拜日后商议。"

迦普领旨,两眼发黑,
　　急忙恭请文武官员,
本国、异域的乐工、琴师,
　　才华横溢的学者、圣贤……
一副副眼镜架在鼻梁上,
　　少顷抹掉鼻烟十九盒。
斟酌再三,迦普启禀国王:
　　"揩尽泥土,世上岂有稼穑?"
国王厉声呵责:"果真如此
　　学者们岂非走肉行尸?"

大臣们经过一番讨论,
　　传令购置一百七十五万把扫帚。
扫帚扫起烟尘滚滚,
　　国王口腔里尽是尘土。
烟尘中谁也睁不开眼睛,
　　灰尘之云遮蔽了太阳。
臣民们咳得面赤胸疼,
　　京城似在尘海浮荡。
　　国王大怒:"除不了尘土,

倒使世界坠入尘雾!"

一群群人朝水源奔去,
　　腰里夹的水罐总数二百一十万。
池沼只剩下些烂泥,
　　江河里无法棹桨行船。
水里的鱼儿缺水憋死,
　　岸上的禽兽练习游泳——
商人在泥地上做生意,
　　疾病蔓延,遍野哀鸿。
　　国王骂道:"一群蠢驴,
　　消灭烟尘,世界成了泥地!"

再度举行会议磋商,
　　与会的圣哲名人
眼冒金星,头昏脑涨,
　　唉,想不出良策消灭灰尘。
有人建议:"用苇席、棉毯
　　覆盖大地,防止尘土飞扬。"
有人说:"请国王长居寝殿,
　　堵塞王宫的朱门镂窗。
　　只要国王不接触泥土,
　　灰尘就不沾污其莲足。"

国王闻奏说道:"此话有理。
　　然而,朕焦虑不安,
朕若惧怕灰尘,日夜幽居
　　寝宫,岂不断送江山!"
众臣献计:"请陛下降旨,
　　令皮匠将大地包裹,
整个陆地装入皮袋里,

以显示陛下无量功德。
　　一旦找到能工巧匠，
完成此事易如反掌。"

钦差奉旨四处寻访，
　　官员们撂下公务外出奔忙。
可是找不到这样的皮匠，
　　无奈也没有偌大的皮革。
有一天来了皮匠的始祖，
　　老态龙钟，笑容满面，
说道："愿献妙计，如若允许，
　　陛下的心愿立刻能实现。
　　只要包裹陛下的莲足，
　　无边大地便无须裹住。"

国王赞叹："此法多简单，
　　举国上下竟无人想出！"
宰相暗骂："刺伤这老浑蛋，
　　将他投入漆黑的监狱。"
老翁坐在国王的足下，
　　给他穿的鞋十分精致。
大臣暗说："吾心里早有此法，
　　如何教他窥见，这老东西！"
　　人们穿鞋，从那一天开始——
　　得救了，迦普与大地！

吉德拉星①

在太空你多么神秘，
艳丽绝伦的神女！
你的无尽光华照映青天，
你闪亮的激情感染林苑，
你轻盈移步在天界人间，
　你是性格活泼的神女！
高穹回荡着你足镯的叮当，
和风中流溢着你青丝的芳香，
翩翩起舞，你温馨的心房
　飘逸出几多甜美乐曲。
缤纷的色彩、金色的霞光汇集着；
多种旋律、情调各异的歌曲传播着；
亿万读者捧着浩繁的作品阅读着
　你无穷的神奇故事！
宇宙间你那般神秘，
　无与伦比的神女！

你独居我的心底，
　我心中只有你。
你是动情的泪眼里的梦幻，
你是心灵的茎梗上的白莲，
你是高挂幽深心天的玉盘，

---

① 印度历书里，吉德拉星是二十七宿中的第十四宿。

周遭的晦暗无际无边。
在那无限静谧、和平的所在,
有个信徒日日对你虔诚膜拜,
没有时间、国家,只有你庄重的神态,
　　你是目如电闪的神女。
你肃穆、端庄、高雅、恬静,
你的碧眼温柔、深邃、透明,
如明灿的朝霞,你那安详的笑容,
　　你是静笑的神女。
你独居我的心底,
　　我心中只有你。

温柔的记忆

　　那金色花,那玉兰,
你们是谁？今日早晨　全送到我心中——
　　两眼泪水翻涌,
　　心田激情泛滥。
　　那金色花,那玉兰。

晨风中想起几多时日,几多微笑几多欣喜,
　　一张娇柔的面孔——
痴心中涌溢甜蜜,大地葱绿、秀丽,
　　年轻的朝阳升上明净的天空——
一切浑然融和,在心里悠然荡过,
　　泪水淹没心岸。
与此同时,人生的　多少个早晨想起
　　那金色花,那玉兰。

我深深地热爱　这阳光、这秀美、
　　这大地、这蓝天、这和风,
多少天我坐在岸边,清凉的夜风拂面,
　　听河水潺潺的歌声。
多少个黄昏时分,我胸前曾经
　　戴纤手编的巴库尔花环。
我是多么喜爱　那天纤手的赠与——
　　那金色花,那玉兰。

多少次聆听笛音,多少次凝视笑容,
　　多少个节日获得无穷的快乐。
多少个雨季　落下一阵阵欢愉,
　　唤醒浓郁的幸福之情的是恋歌。
多少个吉日良辰,这生命的弦琴
　　弹出情怀的缱绻。
多少个日子,早晨同时记起
　　那金色花,那玉兰。

一切的一切依旧,百鸟照样啁啾,
　　世界照样微笑着苏醒;
一缕缕醉人的花香,在南风中荡漾,
　　温情朝八方传送。
痴迷的心儿于是　环顾周围,
　　恍惚中幻觉突然出现——
仿佛与温柔一起,重已回到这生活里,
　　那金色花,那玉兰。

也许死亡的河边　万物沉浸于黑暗,
　　胸口终年压着无梦的昏睡——
这儿的歌曲一首　那儿也不弹奏,
　　这儿林木的清香那儿从不流溢。
谁知全部回忆、生活的全部情谊
　　是否显露于人生的终点?!
拿不定主意,该不该带去
　　那金色花,那玉兰。

挫　折

怀里是弹奏的七弦琴，
　　心里想着优美的曲调——
中间的弦丝突然崩断，
　　出乎我的意料。
咳,熄灭客厅里的灯光,
　　关上寓所的大门,
终止聚会,回去吧,
　　我炽热的心!
我没有能力满足
　　你们的心愿。
谁能料到歌曲未弹完
　　弦丝便崩断。

我曾打算吐露真情,
　　让真情十方泛滥——
欢乐地融和花香,
　　流溢在明月高悬的夜晚。
我以为你们静静地都
坐在我的周围,
一曲终了,含笑给我的
　　花环透溢真诚的爱——
我便倾吐我的心里话,
　　诉说喜悦、苦恼——
但弦丝突然崩断,
　　出乎我的意料。

缄默的弦索

"你的一根根琴弦琤琤作响,
　哦,琴师——
为什么其中一根弦索
　无声无息?"

人生的河边的心殿里,
　住着神明,
祭拜结束,我归来做
　自己的事情。
"你把什么献送女神?"
　临别时信徒问道。
"这世上,哪样东西是你
　人生的珍宝?"
我回答,祭典的礼品
　我早已奉献,
那是系在我七弦琴上的
　一根金弦——
这根金弦上,我心林里
　一群蜜蜂
年年岁岁不断地弹出
　嗡嗡的乐音;
这根弦上,我的杜鹃
　唱新春之歌。
这根金弦,我虔诚地

放在神的足侧。
因此这七弦琴上只有
这根弦儿弹不响，
它是献给神明的圣洁而
缄默的供养。

妄　想

花烛为什么熄灭?
我过分爱护遮得太严,
　　在新婚之夜,
　　花烛因此熄灭。

红花为什么凋枯?
我忧心忡忡,惶恐不安,
　　把它捂在胸口,
　　红花因此凋枯。

小河为什么露底?
我试图修筑堤坝截流,
　　不停地舀取,
　　小河因此露底。

弦丝为什么裂断?
我太兴奋,使出全力
　　拼命地弹,
　　弦丝因此裂断。

爱情的加冕

你让我即位称王,殊荣的桂冠
戴在我头上,一条绚丽的花环
挂在我的颈上;我的眉宇中间,
你王室的标志是荣耀的火焰,
昼夜不灭。你王家的罗衾锦被
如今遮盖我所有的羞惭卑微
所有的贫困。你亲自扶我坐在
与牛奶一样洁白柔软凉爽的
心灵之榻上。世界默不作声,
在外面肃立,找不到路走进
后宫内院。在幽秘的拜堂上,
各国的行吟诗人在周围高唱
一首首赞歌,不朽的琴弦
弹出优美的旋律。每日听见
来自遥远的异国他乡的语言、
千古流传的爱情故事、团圆
别离的民间戏曲、夜晚白昼
恋人对唱的歌谣、永不满足
永不倦怠的苦恋的哀调。

在爱情的天堂,
忠贞的达摩衍蒂和那罗王①

---

① 典出史诗《摩诃婆罗多》,达摩衍蒂和那罗是一对恋人。

在霞光中漫步,长吁短叹
悲凉着仙苑;默坐在花坛前
沙恭达罗①陷入悠远的怀想;
嫩藕似的玉手捂着阴沉的月亮
似的面庞,补卢罗婆娑②
在幽径上徘徊,唱的离歌
在世界播布着难抑的哀怨;
密林深处肃穆的湿婆神寺院,
修行的文艺女神独拨弦丝,
袅袅乐音融合着劝慰的诚挚;
佯装俯耳转告爱的喜讯,
山崖前阿周那③猛吻情人
苏维德拉羞红光润的脸腮;
哀求的湿婆以无比炽热的情怀
搂抱可心的雪山之女婆婆蒂。
眼泪的银河里流动着悲喜,
沉重的祝祷使花径显得阴郁,
笛音携带热恋,穿过林荫寻觅
心上人。你牵着我的手,缓步
行至甘露的天堂、纯美的乐土。
那里我是头罩祥光的神仙,
青春永驻,我的温情无边,
所有的恋人把真情献给我;
参加我喜筵的星宿日月
身着新装,为我吟唱内容
新颖的歌曲——像永恒的知音,

---

① 印度古代剧作家迦梨陀娑的剧本《沙恭达罗》中的女主人公。
② 典出史诗《摩诃婆罗多》,补卢罗婆娑是迦梨陀娑的剧本《优哩婆湿》中的男主人公。
③ 阿周那是史诗《摩诃婆罗多》中般度王的三儿子,苏维德拉是他的妻子。

无所不在。

这儿我算什么？
是亿万凡夫俗子中的一个——
每日挑着家庭的庸俗的担子，
接受怜悯，忍受不堪的蔑视。
从无数条无名的人河，为何
你偏偏选择耽于琐事的我？
哦，尊贵威严的女皇，你赐予
我崇高的地位，之后推入人海，
便不再看我的脸。他们如何
知道，我饮了你宠爱的玉液
不死不灭？他们怎能看见你的
芳心让我身着风韵的新衣？
我珍藏着你的摩挲你的爱情，
我的身心饱含你的话语你的亲吻，
如同皓月把自己制成玉觞，
万世满斟仙人的蜜酿的琼浆，
如同红日每日小心翼翼点燃
天帝永不熄灭的神圣火焰，
如同吉祥女神双足闪射的
金光，似一条的项链挂在
澄净天空的宽广的额头上，
啊，女皇，你让我成为帝王。

朱拉萨迦　1884 年

孟加拉母亲

让你的儿女在欢乐悲伤、
善恶荣枯中锻炼成长!
啊,慈祥的孟加拉母亲,
别让他是怀中永久的稚童。
让他走进现实世界,寻觅
于他最合适的立足之地。
别以清规戒律的绳索牵住
有为的儿子奋进的脚步。
让他在斗争中忍受伤痛;
正确、谬误,以心镜照清。
懦弱、腼腆、胆怯缠着你儿郎,
让他舍弃家产,走出高堂。
啊,无比善良的孟加拉母亲,
七千万孟加拉儿女尚未成人。

帕德玛河

啊,帕德玛河,我与你
　千百次相遇。
雾季的一天,吉祥的黄昏,
你的沙滩杳无人影,
远望着西天的落日,
我把心灵献给了你。
晚霞辉映着你的面孔,
你像倩女,娴静,垂首无声;
孤单的黄昏星慈爱而好奇,
满面笑容,俯视着你。
自那天以后,有千百次,
啊,帕德玛河,我与你相遇。

为各种事情找我的许多人,
不知道我和你心心相印,
不知道我为什么如情人幽会,
黄昏来到安置沙榻的幽静的河湄。
当你那些多情的鸳鸯
在沼泽戏闹后沉入梦乡,
当你东岸沉静的村庄里,
一幢幢农舍的大门关闭,
两岸没有一个人探听到
你和我唱什么歌谣。
秋季,夏季,冬季,雨季,

僻静处我与你千百次相遇。

多少天坐在河边沉思,
来世我如返回这人世,
从诞生的邈远的所在,
在你湍急的河上泛舟漂来——
当我越过一条条沙滩,
越过无数村庄、树林、平原,
越过破败的岸堤来到这里,
会醒来当年深沉的思绪?
往世千百次我幽秘的心,
外出游逛的宁静的河滨,
黄昏时分,我与你
能够再度相遇?

尘埃集(摘选)

自己的和给予的

明月说:"我的清辉洒向了人间,
虽说我身上有些许污斑。"

同一条路

关门将错误挡在外面,
真理叹道:"叫我怎样进入圣殿!"

左　　右

不管身躯怎样旋转,
右手在右边,左手在左边。

恩赐的高傲

水草昂起头说:"池塘,请记录,
我又赐给你一滴清露。"

忘恩负义

袅袅的回声讥嘲声源,
是怕欠声源的债被发现。

实　践

马蜂说:"筑个小小的巢,
蜜蜂呀,你就这样骄傲。"
蜜蜂说:"来呀,兄长,
筑个更小的让我瞧一瞧!"

宽阔的胸襟

墙缝里长出一朵花,
无名无族,纤细瘦小。
林中的诸花齐声嘲笑,
太阳升起对他说:"兄弟,你好!"

老　少

"白发竟然比我赢得更大的声望!"
黑发想着懊丧地叹气。
白发说:"拿去我的声望,孩子,
只要你肯给我你迷人的乌黑。"

愿　望

"芒果,告诉我你的理想。"
芒果说道:"具有甘蔗质朴的甜蜜。"
"甘蔗,你有什么心愿?"
甘蔗回答:"充盈芒果芳香的液汁。"

忙碌的错误

爬上头顶的一绺发丝晃悠悠地说:
"手脚犯了一个又一个错误。"
手脚笑道:"哦,无错的发丝,
我们有错是因为终日忙碌。"

惊人之美

"美好"问道:"哎,至美,
你住在天上哪座辉煌的宫宇?"
"至美"滴泪道:"唉,我呀,
住在无能的骄傲者的嫉妒里。"

爱神焚烧之前

你曾有形体巡行新的天地,
　　焚烧得无形的爱神!
香风吹拂花辇上的旌旗,
　　女郎叩拜,伏身路尘。
无忧花、夹竹桃、金色花从锦囊掏出,
　　少男少女撒在你过往的道上,
芳香如淳醴溢出巴库尔花簇——
　　心中放射旭日的光芒。

黄昏,处子们汇集在你肃静的庙里,
　　小心地点燃灯烛。
悄悄地以花苞制作箭矢,
　　装满你罄空的箭壶。
丹墀上坐着少年诗人,
　　操琵琶入迷地弹唱,
成双的麋鹿,作对的虎群,
　　怯生生谛听窥望。

你含笑收拾弓弩,痴情、慌乱的淑媛
　　哀求着匍匐你足旁。
出于好奇偷窃你五支花箭,
　　兴奋不已,抚弄玩赏。
绿草如茵,散发着芳馨,
　　你筋疲力尽,沉入睡乡。

娇娥含羞摇醒你煞费苦心——
　　足上的铃儿响叮当。

林径上走来头顶水罐的情人，
　　暗处你猛射一支花箭，
水罐坠入朱木那河，略一失神，
　　她神色惊慌左顾右盼。
你棹花舟上前，开怀大笑，
　　姑娘省悟，面颊绯红——
下河泼水，皱眉装作气恼，
　　不禁也大笑，见你发窘。

皓月复高悬，夜色何迷人，
　　素馨花蕾又缀满高枝，
南风吹醉了开阔的河滨，
　　少女在巴库尔树下梳理发丝，
寂静的岸边情人遥相招呼，
　　离别之河流淌其间。
隐痛迸发的思妇呼喊丈夫，
　　哭诉哀切的思念。

来吧，爱神！恢复形体，恋人的发髻上
　　挂上清香的野花花环。
来吧，轻手轻脚步入洞房，
　　走进柔和的光线。
来吧，以机敏甘美的笑容闪电般
　　惊喜少女的芳心——
以神灵细腻温柔的触摸陶醉人寰，
　　万千人家，焕然一新。

爱神焚烧之后

湿婆,你第三只眼喷火烧死爱神,
　宇宙间遍洒他的骨灰,
风中嗟叹着他的孤魂,
　天空落下他霏霏的泪水。
罗蒂①的悲歌在世界回响,
　四面八方伤感呜咽。
法尔衮月②,不知触到谁的目光,
　大地陡然惊悸昏厥。

所以今日言说不清,是何忧烦
　在心弦上跳跃,战栗。
少女们苦苦思索,如何偕同俗人神仙,
　轻声细语宽慰遗孀罗蒂。
巴库尔树叶簌簌低语着什么?
　采蜜的蜂群为何不住地嗡嘤?
涧水奔流去解除夜的干渴?
　向日葵仰首思念哪个情人?

我看见,月色中浮动着谁的罗裳,
　宁静的蓝天上谁睁着眼睛。
我看见,日光的白纱蒙着谁的面庞,

---

① 爱神的妻子。
② 孟历11月,公历2月至3月。

谁的纤足没入丰柔的草丛。
被谁轻轻触摸过的花魂
　像藤蔓正攀缘心扉——
湿婆,你第三只眼喷火烧死爱神,
宇宙间遍洒他的骨灰。

问　　爱

　　　　这全是真的，
　　　　　呵，我万世的情侣？
　　　　我投去的一瞥像闪电
　　　　驱散了你心天的云团，
　　　　　这是真的？
　　　　我的朱唇像新娘一样鲜红，
　　　　　含羞，甜蜜，
　　　　　呵，我万世的情侣，
　　　　　这是真的？

　　　　琼花开在我心中，
　　　　足镯的声音如悦耳的琴声，
　　　　　这是真的？
　　　　看见我，夜露纷纷滚落，
　　　　晨光围绕我十分快乐，
　　　　　这是真的？
　　　　触到我多情的额头，
　　　　　如饮佳酿，风儿沉醉。
　　　　　呵，我万世的情侣，
　　　　　这是真的？

　　　　白日夜阑藏在我的乌发里，
　　　　死亡之索缠绕我的手臂。
　　　　　这是真的？

我的衣裙里消失了人世，
我的歌喉里天地默默无语，
　　这是真的？
三界①只有我，只有
　　我的柔情依依，
　　呵，我万世的情侣，
　　这是真的？

一世又一世，你的情爱
执著地寻找我，历经万代，
　　这是真的？
在我的谈吐、明眸、樱唇、发丝里，
霎时间你赢得了永恒的憩息。
　　这是真的？
我光润的额头上
　　印着无穷奥秘。
　　呵，我万世的情侣，
　　这是真的？

---

① 指天堂、人间、地狱。

碎　梦

昨夜乌云释放惊雷，
淅淅沥沥飘洒雨丝，
　我独自默默地思忖——
　如果陡然闪现美梦，
愿他凝成形体，款款走来，
步入雨夜的半醒半寐。

罡风折磨广阔的原野，
迷梦中枉度着长夜。
　唉　真实如此严厉，
　不容我随意炮制——
梦依照自己的法则行动，
我在空落的路上前进。

昨天夜色是这般稠浓，
雨水降落亢奋的河滨，
　虚幻假如拥有娇颜，
　悄悄走到我的身边，
那么美梦假如凝成芳躯——
为此谁蒙受什么损失？

一颗葡萄

荒原上蜿蜒地
　流来一泓山泉，
透明的水流把
　细瘦的旅程写在沙滩。
绵亘荒凉的沙丘，
萎蔫的树林的尽头，
盘桓两个时辰，
　热沙灼烫双脚。
　树林里我意外地采到
　一颗葡萄。

那时头顶着骄阳，
　脚下的大片沙地
干渴得龟裂，
　哭泣着盼望清水。
压抑着强烈的愿望，
不敢闻葡萄的清香，
怕只怕忍不住饥渴，
　一口将它吃掉。
　我仔细地藏好这
　一颗葡萄。

不觉到了下午，
　太阳变成红脸，

伸向天边的沙岸
　呼出干热的长叹——
聪明人应趁日光
未逝，回归故乡，
我含着热泪当即
　松开攥紧的五指一瞧，
　手心里躺着干瘪的
　一颗葡萄

同一座村庄

俺和她住在同一座村庄,
　这是俺俩唯一的幸福。
听见喜鹊叫,在她家树上,
　俺的胸口剧烈地起伏。
她养的两只小绵羊,
　常在俺家榕树下吃草,
每当拱破俺家的篱墙,
　俺就抱起可爱的羊羔。

俺俩的村庄叫康基那,
　俺村的小河叫安吉那,
乡亲们知道俺的小名,
　俺那一位名叫兰希娜。

俺两家离得十分近,
　中间只隔着一块地,
她家树上的许多蜜蜂
　做窝在俺家的树林里。
她家邻居祭祀的花环
　在俺家的河埠边挡住;
她家邻居制作的花篮
　在俺家旁边集市出售。

俺俩的村庄叫康基那,

俺村的小河叫安吉那，
乡亲们知道俺的小名，
俺那一位名叫兰希娜。

俺俩村庄的小路旁
　　芒果花缀满了枝丫。
她家地里亚麻籽泛黄，
　　俺家地里大麻刚开花。
她家露台上闪烁星星，
　　俺家露台上南风吹来。
她家果园里喜降甘霖，
　　俺家的迦昙波花盛开。

俺俩的村庄叫康基那，
俺村的小河叫安吉那，
乡亲们知道俺的小名，
俺那一位名叫兰希娜。

离　愁

你毅然离我而去，
　　中午正敲十二点，
那时烈日当空，
　　阳光似火焰。
家务事料理完毕，
我守着满屋孤寂，
失魂落魄，脑子里
　　一片空白，坐在窗前。
你毅然离我而去，
　　中午正敲十二点。

一阵热风轻易地
　　跨进开启的门窗，
播散作物不同的农田里
　　颜色各异的芳香。
两只斑鸠朝夕
毫无倦意地欢啼，
一只多情的蜜蜂
　　歌吟着翩飞，
　　播布作物不同的农田里
　　茂盛的五彩信息。

那时路上杳无人影，
　　村落疲惫、阴郁。

阔叶树的枝叶
　　无休止地簌簌微语。
只有我集中精神，
以极其悠远的笛音
在寥廓的天幕
　　拼写一个人的名字。
　　那时路上杳无人影，
　　村落疲惫、阴郁。

家家户户关闭柴扉，
　　我神志格外清醒——
未梳理的长发在
　　冷漠的风中飘动。
榕树宽大的绿荫下面
小河微波不兴。
燥热的晴空斜倚着
　　慵懒的几朵白云。
　　家家户户关闭柴扉，
　　我神志格外清醒。

你毅然离我而去，
　　中午正敲十二点，
阡陌干裂，田野焦枯，
　　阳光似火焰。
浓荫凉爽的榕树枝上，
一对情鸽痴迷地歌唱。
孤零零我坐在窗前，
　　由空屋的凄凉做伴。
　　你毅然离我而去，
　　中午正敲十二点。

片刻的会面

走在乡村的小路上，
　你腋下夹着水罐，
为什么透过面纱的细缝
　回头瞧我一眼？
　回眸的眼神
　卷起一阵轻风，
从你伫立的小河彼岸
　吹到我所在的此岸。
那么遥远的邂逅，
　时间那么短暂。

我隐隐约约只看到
　你秀美的大眼睛——
两只惊慌的"鸟儿"
　藏在面纱后的幽暗中，
　一瞬之间你
　对我窥视，
你只朝我投来
　好奇的一瞥，
对一位过路的行人
　能有多深的了解？

与原先一样，
　你仍是一团谜，

在你的眼里
　　我仍是一片空虚。
　　村径上走着走着，
　　究竟是为什么
你戏剧性地停下脚步，
　　腋下夹着水罐，
为什么透过面纱的细缝
　　回头瞧我一眼？

生命之主

啊,生命之主,每天
　我站在你面前;
啊,宇宙之主,双手合十,
　我站在你面前。

啊,在你无际的苍穹
　下面的幽静之处——
眼含泪水,满心虔诚,
　我站在你面前。

啊,在你神奇世界的
　劳作的海滩,
在茫茫人世的黎民中间,
　我站在面前。

啊,在这凡世我的
　工作结束的那天,
哦,王中之王,我独自
　静静地站在你面前。

当凡世争夺人心

当凡世争夺人心
　灵魂浑浑噩噩，
啊，大神，我对你施礼，
　高唱你的赞歌。
　心灵之主，原谅我空虚的心
　呈送的毫无意义的礼品——
　没有鲜花的祭祀、
　缺少虔诚的音乐。
当凡世争夺人心
　灵魂浑浑噩噩。

我嗓音嘶哑地呼唤你，
　我热切地希望
细密的爱情的甘霖
　落在我的心田上。
　我把空虚的心
　送到你的脚旁，
　期望哪天你突然
　注入你的琼浆。
当凡世争夺人心
　灵魂浑浑噩噩。

天 与 巢

你是鸟巢,你是天宇,
巢中你的深爱,啊,美,
时刻以各种颜色、芳香、歌声,
覆盖周遭痴迷的生命。
那儿朝霞右手托着金盘,
上面有个情味的花环,
悄然取下戴在平原的秀额;
黄昏降临牛群归厩的旷野,
神色温和,脚下的路没有标记,
手捧的金觞盛着西海的静水。
而在你是我们心灵的蓝天的地方,
无限扩展的空间闪烁着纯光;
没有生物,没有白天、黑夜,
没有话语,没有气味、色泽。

爱情的项链

朝夕相伴的岁月里,
她一次次慷慨奉献。
而今,我已没有
回报她的时间。
她的夜已化为黎明,
你接她走了,哦,大神——
我只能把感激的礼物
　呈献在你的足前。

我与她在一起时的过失、
　言谈举止的不当,
我只能匍匐在你足下,
　通过你恳求她原谅。
今日盛放你供品的盘里,
我放上尚未给她的
而早想送给她的
　一条爱情的项链。

你完美了死

你在我的生活中
　　糅进了死的甘甜。
你用永诀的光芒
耀亮我暗淡的心房；
在我不灭的忆恋上
　　投印夕照色彩的变幻。
人生悠远的边陲
获得了空前的荣誉。
泪雨洒濯的心空，
　　仙境的宫阙旋隐旋现。
你在我的生活中
　　糅进了死的甘甜。

哦,端庄、贤惠的爱妻,
　　你完美了死。
你从人生的彼岸
将充盈沉默的爱恋、
含泪的善良的心
　　时刻送回尘世的阳光里。
死亡的宅邸幽秘、冷清,
你独自静坐,身倚窗棂,
你点燃的灯光里
　　跳跃着不死的希冀。
哦,端庄、贤惠的爱妻,

你完美了死。

我的生,我的死,
　　你伸出双臂搂住。
你凭一双手,亲爱的,
变死为生的情侣。
你袒露你的心灵,
　　死亡中融入甘露。
你推开冥宫的门闩,
扯去沉重的厚帷;
站在迷蒙的生死界上,
　　默默无语地瞻顾。
我的生,我的死,
　　你伸出双臂搂住。

为何甜美

五彩的玩具递到你胖乎乎的手中,
我陡然明了,孩子,为什么晓云
泛彩流金,湖水为什么碧波粼粼,
鲜花为什么色彩绚丽——
当看见你胖乎乎的手玩着五彩的玩具。

当我歌唱为你伴舞,
我心里骤然省悟
林木绿叶为什么低声细语,
为什么心湖荡起碧波 ——
当我为你唱着儿歌。

给你一小块喷香的黄油,
你舔着在屋里蹦跳不休。
我顿时明白河水为什么甘如美酒,
水果为什么充满沉甸的甜汁 ——
当把喷香的一小块黄油放在你手里。

吻一吻你红扑扑的脸蛋,
你露出天真无邪的笑颜。
我立刻省悟阳光为什么欣喜地照耀我的脸,
和风为什么把琼浆注入我的心间 ——
我相信是因为吻了你的脸蛋。

摘 月 亮

我问哥哥:每天夜晚
迦昙波树的枝丫
挂着明晃晃的月亮,
谁有本事爬上去摘下?
哥哥为什么笑着说:弟弟,
我从未见过像你这样的傻瓜,
月亮在遥远的天际,
谁能伸手把它摘下?
我说:哥哥呀哥哥,
看来你什么也不懂,
妈妈隔窗对咱俩微笑,
她难道在遥远的天空?
哥哥依然说:弟弟,
我从未见过像你这样的傻瓜。

哥哥故意考问我:
哪儿有逮月亮的网?
我说:月亮那么小,
我可以捧在手上。
哥哥为什么哈哈大笑,
说:你这样的傻瓜天下少见!
月亮如果落在跟前,
大得看不到边缘。
我说:算了吧,哥哥,

你在学校里白读了几年,
妈妈俯身亲你亲我,
能说她的脸大得看不到边?
哥哥依然说:弟弟,
我从未见过像你这样的傻瓜。

装模作样

你装做欢天喜地，
　　怕我看透你的心意——
你脸上堆满笑容，
　　心里暗自悲泣。
我知道,我知道
　　你的苦楚——
你不愿把要说的话
　　和盘托出。

你掩饰得这样巧妙，
　　怕我看出破绽——
你嗔怪,你气恼，
　　怕被我带到众人面前。
我知道,我知道
　　你的苦楚——
你不敢在你要走的
　　路上迈步。

你索取得最多，
　　不满足快快归去？
你那装满冷淡的行乞的褡裢
　　能游戏般的丢进水里？
我知道,我知道
　　你的苦楚——

别人可以满足的要求，你的
无法满足。

大　度

"唉,谁能容纳你,除了苍穹?!
啊,太阳,我无法侍奉你,
只看见你的梦。"
露珠说着涕泣,
"将你遏止,
啊,太阳,我没有这样的神通,
没有你,泪水才充斥
我渺小的生命。"

"我以不竭的光芒普照大地,
然而,我愿意爱你,
做你的知己。"
太阳笑容可掬
降临露珠的胸脯,
"在你的体内我同样渺小,
我要使你短暂的生命
充满欢笑。"

循　环

龙涎香欲隐逝于香气，
香气欲与龙涎香共存。
乐音想让旋律控制自由，
旋律想转身奔入乐音。
情思渴望凝聚为形象，
形象渴望自由地融入情思。
"无限"要和"有限"融为一体，
"有限"要在"无限"中消失。
不知创造与毁灭遵循什么法则，
内容走向形式，形式走向内容。
束缚到处寻找自身的解脱，
解脱期望住在束缚之中。

系一根心弦

你七弦琴流泻的乐音
　跌宕、变幻。
琴弦间我悄悄地系上
　一根心弦。
从此我这颗心
从清晨到黄昏,
与你弹奏的乐曲一起
　铮铮作响——
我的灵魂与你的旋律一起
　袅袅荡漾。

你的眸子里我点燃我的
　希望之灯。
你的花香中交融着
　我的憧憬。
从此白天夜晚,
在你绝世的娇颜之间
我的心放光,开花,
　怡然轻晃,
我灵魂的影子隐现在
　你的脸上。

喜马拉雅山

啊,喜马拉雅山,今日我见你像
读者坐在环境幽静的稳固的石座上,
一本远古的典籍在胸前捧着。
一张一张,你翻开岩石之页,
专心阅读。多少国家兴盛衰微,
多少时代来去匆匆。阅读尚未停止。
你阳光的视线扫过翻开的数千页,
上面记载着湿婆夫妻相爱的传说——
无情无欲、中止冥想的湿婆是
如何被雪山女神光润、柔软的
玉臂所吸引的——平日无欲念,
他为何求索——不动声色地爱恋——
周身缠绕着情爱之索。这相爱的过程
及其传说由你的山岭驮载,哦,山神!

苦难的模样

哦,天帝,我不怕你
　　装扮成苦难降临。
哪儿有痛苦,我在
　　那儿把你用力抱紧。
你用黑暗遮盖脸庞,
我仍认出你的真相;
主啊,你装成死亡走来,
我甘愿搂着你的脚死去——
不管你以什么面目出现,
哦,我决不畏惧你。

哦,今日泪水涌溢,
　　让泪水溢出眼眶!
胸膛受压,让你凶狠的
　　臂膀压住我的胸膛!
让一阵阵剧痛告诉我
我的胸脯你狠狠地搂着,
我别无所求,默不作声,
静静地看着你的脸庞。
哦,今日泪水涌溢,
让泪水溢出眼眶!

期　　待

这会儿我有了空闲——
　　　你几时才有时间？
我摆好了黄昏的灯，
　　　你几时来划火点燃？
我已经卸完货物，
　　　船儿靠着河边的石阶——
集市上生意兴隆，
　　　无须沿途招徕顾客。

傍晚茉莉花已绽放，
　　　林间流溢着清香，
荷叶包着的茉莉花束，
　　　要放在你莲花般的手上。
点燃的檀香木的香气
　　　熏得小院凉爽舒适，
一天的活计已料理完毕，
　　　你几时才能来幽会？

夜幕初降，一轮皓月
　　　钻出河畔的椰子林。
寺庙冷清的庭院里，
　　　月光移动着树影。
蓦然吹来的一阵南风，
　　　领着潮水哗哗奔驰——

货船在水浪中颠簸，
　　　船头撞击着石级。

当潮水敛息了喧闹，
　　　河水变得凝重、沉寂。
夜风徐缓地吹拂，
　　　残月在西天下坠。
睡意浸染的我的倦体
　　　欲偎在你的脚边。
哦，净地上我铺了卧具——
　　　你几时有幽会的时间？

井　台

我不希求你什么，
　　也没告诉你我的姓名——
当你致谢后离去，
　　我看着你默不作声。
当时我一个人坐在
　　苦楝树荫覆盖的井台边，
女友们走向村庄，
　　每个人头顶着水罐。
她们不住地叫道：
　　"快走，天不早了！"
我懒洋洋地坐着，
　　满腹莫名的烦恼。

我没有听见脚步声，
　　当你悄悄走近我。
你的眼神暗淡无光，
　　声音疲倦地说：
"我是干渴的过路人。"
　　我听了意乱心慌，
赶紧把甘冽的井水
　　倒入你掬着的手掌。
苦楝树叶飒飒舞动，
　　杜鹃欢快地唱歌。
洋槐树的一阵花香

在蜿蜒的村径上荡过。

当你问起我的名字,
　　我顿时满脸羞红,
我做了什么事情,
　　值得你铭记心中?
我从水罐倒给你
　　几口解渴的井水,
这成为我心中一份
　　极其珍贵的记忆。
中午的井台上,
　　鸟儿又在唱歌,
苦楝树叶又在飒飒作响——
　　我入神地听着。

在你沾尘的圣足前

在你沾尘的圣足前,
让我的头颅低垂!
哦,请把我的骄傲
全融化于泪水!
倘若我沽名钓誉,
得到的只有羞耻,
每时每刻只会疲惫地
围绕自己兜圈子。
哦,请把我的骄傲
全融化于泪水!

但愿我做每一件事
不是为宣扬自己;
哦,让我每天的生活
体现你的意志!
我渴望分享你的安宁,
你的至美融入我的生命,
你悄然伫立在心莲上,
身影将我遮蔽,
哦,请把我的骄傲
全融化于泪水。

光和影在捉迷藏

今日翠绿的稻田里
　　　光和影在捉迷藏。
谁驾驶白云的轻舟
　　　在蓝盈盈的天海飘荡？
今日蜜蜂忘记采蜜，
沐浴着阳光回旋翻飞；
今日鸳鸯为什么
在河滩相会？

哦，兄弟，我今日
　　　不会决不会回到屋里。
哦，击碎空中凝积的沉闷，
　　　我采撷宇宙的无际。
一似潮水的飞沫，
南风中传播着笑语，
消度无事可做的上午，
我痴迷地吹奏着苇笛。

你是光中的圣光

啊,你是光中的圣光,
光照下万物熠熠生辉。
你的圣光将遮蔽
我眼睛的黑暗荡涤。
一重重天一片片原野,
流溢着甜笑和喜悦,
不管将哪个方向凝望,
景物令人心驰神迷。

你的一缕缕圣光引领
生命在树叶上跳舞;
你的圣光唤醒了
鸟巢中沉睡的歌曲。
钟爱我的你的圣光
灿烂地落在我身上,
以你洁净的双手
摩触我的心儿!

窃 心 者

这是你的爱情,哦,
窃心者!
这阳光在树叶上翩舞,
金光闪烁。
云彩在天空飘移,
一副优雅的倦姿,
甘露由清风往你的
肢体倾泼。
这是你的爱情,哦
窃心者!

我的眼眸在晨光之河上
缓缓漂浮。
你爱情的真诚话语传入
我的灵府。
低眉垂首,你仍在
窥视着我的脸腮。
你的双足由我的心儿
轻轻摩挲。

形象之海

我潜入"形象"之海，
渴望获得"无形"的宝藏；
不再驾驶着破船
在各地的码头游荡。
现在是让洪波
冲击的一切沉没的时刻，
沉入琼浆的海底，
年寿天一样绵长。

携带心灵之琴，
我将前往未听过的歌曲
正日夜演奏的
无底的水晶宫里。
谱写永恒之曲，
最后的歌充盈泪水，
我把无声的弦琴
放在无语的仙师的脚上。

百瓣光莲

晴空下绽放了
　　　百瓣光莲。
一层层鲜艳的花瓣
朝四周徐徐舒展，
将"黑暗"的稠浓的
　　　黑水遮严。
我坐在花苞里
是何等惬意，啊，兄弟！
环围着我，徐徐舒展
　　　百瓣光莲。

在空中卷起波澜，
　　　清风吹拂。
四周吹奏着乐曲，
四周生命在跳舞，
每个人的身躯浴于
　　　满天的爱抚。
潜入生命的大海，
胸中汲满了活力，
趸回来环围着我，
　　　清风吹拂。

泥土敞开胸怀，朝八方
　　　铺展绿色裙裾。

奉召而来的生灵
在她的身边簇拥，
每人的手里、碗里，
　　她施舍粮食。
心田流荡着乐音、芳香，
我安坐着心舒神爽，
泥土敞开胸怀，环围着我，
　　铺展绿色裙裾。

阳光，向你顶礼，
　　化解我的错误，
在我额上印烙
　　天父的祝福！
清风，向你顶礼，
　　松弛我的筋骨，
在我的身体上书写
　　天父的祝福！
泥土，向你顶礼，让我的
　　心愿得到满足，
让我家中一天天成熟
　　那天父的祝福！

美,拂晓你飘然而至

美,拂晓你飘然而至,
手捧的仙花颜色如旭日。
睡眠的天国的香径杳无人烟,
你只身前来,乘坐金辇。
几度停在我的窗口,
窥探的眼里含着忧郁。
美,拂晓你飘然而至。

我的梦充满未知的香气,
居室里的幽暗快活地战栗。
我那跌倒在尘埃里的弦琴,
受到感染突兀地发出乐音。
"起来!"我想了许多次,
抛掉倦怠向大路奔去,
当我起身,你已经走远——
与你重逢日后恐没有机会。
美,拂晓你飘然而至。

霹雳吹奏你的长笛

霹雳吹奏你的长笛,
那曲子怎会太普通?
我在乐音中苏醒,
让我侧耳谛听!
再不会轻易忘记,
死亡中遮盖着的
无穷无尽的生机中,
灵魂极为亢奋。

让我怡然忍受狂风暴雨,
让七大海洋十个方向
在我心琴的纤细弦索上
狂舞,节奏铿锵!
让我远离奢华、舒坦。
把我带进动荡、纷乱,
动荡、纷乱的深处
有伟大的安靖。

芳林里逡巡

芳林里逡巡，
花香怅惘的晚风中我寻何人？
何人的啜泣
在阴郁的云天萦回？
悠远的地极的离歌
搅乱我的思绪我的写作。
心田花香怅惘的晚风中，
我寻何人？

我不知好奇的青春
在哪首赞美的歌韵里愉快地苏醒。
乍开的芒果花香沁人心脾，
新叶间袅绕沙沙的旋律，
暮空弥散月辉的甘露，
眼里滴落含喜的泪珠。
花香怅惘的晚风中
谁的轻抚使我如此兴奋？

委琐的小我

我不再头顶委琐的
　　"小我"。
我不再在自家门口
　　乞求施舍。
这个负担扔在你脚下,
神情漠然,远走天涯,
我不再关注他的情况,
　　从此与他无话可说。
我不再头顶委琐的
　　"小我"。

我的欲念不管
　　触及谁,
一瞬间便熄灭
　　他的光辉。
哦,那不吉利的家伙双手
递送的任何东西我不接受。
我不能容忍任何东西
　　不被你的爱激活。
我不再头顶委琐的
　　"小我"。

有限中的"无限"

有限中的"无限",
　　　你演奏独特的乐曲。
你在我的中间
　　　显得那样甜美。
收容这么多的色彩、香馨,
收容这么多的歌曲、诗韵,
"无形",你在我心宫苏醒,
以"有形"的多姿。
你在我的中间
　　　显得那样甜美。

一切披露无遗,
　　　你我一旦交融——
宇宙之海上,
　　　嬉戏的波涛汹涌。
你的光华没有阴影,
形体在我体内凝成,
那是我眼泪里的
　　　美丽的忧郁。
你在我中间的倩姿
是那样甜美。

心灵的绿荫里

坐在心灵的绿荫里，
　我叫你的名字，
　　以富丽的方式。
我叫你的名字不用语言，
我叫你的名字别无企盼，
　我叫你的名字，
　　用纯净的笑颜，
　　　用晶莹的泪滴。

我叫你的名字，
　不是为满足私欲。
我叫你的名字，
　心旷神怡。
一似婴孩叫喊妈妈，
"妈妈"两个字令他心醉。
　　叫一声妈妈，
　　　心湖荡起幸福的涟漪。

你的鲜花每日盛开

花苑里你的鲜花每日盛开,
　　为什么不让神魂之蜂吮啜花蜜?
你的庭院里每日举行演唱会,
　　为什么不让你的仆人高歌一曲?

舒展花瓣的世界之莲吻你的圣足,
　　仰首忘情地看着你的脸庞。
为什么不让我开放的心莲
　　也充满感情地对你凝望?

日月星辰在太空运行,
　　你汹涌的江河奔向沧海。
为什么不让我的生命之河每日
　　流动,寻找琼浆之海?

你唤醒鸣禽歌喉里的快乐,
　　往繁花的酥胸倾注芳菲,
为什么不让我心灵的乞丐每日
　　在门口得到你的恩惠?

芳　名

用你的芳名涤清
我含混的话音，
将你的芳名牢固地
镶进我惯常的冷静。
应和热血的奔放旋律，
让我躯体的情弦
兴奋起来，弹出
你芳名的柔婉。
让你芳名的明星
辉耀我的睡乡，
让我"苏醒"的前额
印刻你芳名的霞光。
让我长久的期望中
燃烧你芳名的光焰。
将你娟秀的芳名
写在我的爱心上面。
让我每项工作的末端
结出你芳名的硕果，
洒泪，微笑，我都把
你的芳名搂在心窝。
悄悄地，我生命的莲花
溢散你芳名的幽香，
情人呀，你的芳名
伴我到弥留的时光。

乐曲之火

我心里,
你点燃的乐曲的
火焰
在四野
蔓延;
藤上万棵枯树,
在瘦枝黄叶间
跳舞;
仰望碧空,对谁
举起双手?

暗空中窥视的繁星
惊讶不已,
疾驶的狂风
来自哪里?
黑夜的心田
绽开了纯洁的金莲。
谁知道乐曲之火有
这等神力?

美

啊，美
朝夕与你在一起，
　我的心灵荣幸，
我的肢体仁慈，
　啊，美，
你的阳光下我的
眼睛动情地睁开，
我的心空缓缓吹过
　芳香的微飔

　啊，美
你五彩的摩挲
　染红我的灵魂，
你团聚的甘露
　储满了我的心。
在你的暖怀中，
让我的生命常新，
从今世到来世，
　啊，美

光　牛

日月星辰，
　　是你的牛群；
你坐在何处吹笛，
　　任牛群驾雾腾云？
萋萋芳草仰首驰目，
行行绿树枝叶扶疏，
累乏的光牛静静地
　　憩息在花朵、果实中。

清晨牛群奔跑，
　　扬起的尘土遮天，
傍晚你吹着暮曲，
　　驱赶牛群进入牛圈。
无虑地四处游逛，
是我多年的愿望。
我生命的牧童呵，
　　黄昏你会对我呼唤？

向你顶礼

黄昏时分,你身着盛装光临,
　　　向你顶礼!
你在我夜色的深处露出笑容,
　　　向你顶礼!
在这安详、旷达、幽静、深邃的夜空,
　　　向你顶礼!
在这文静、徐缓、睡意浓厚的夜风中,
　　　向你顶礼!
在这疲乏原野的翠绿的宝座前,
　　　向你顶礼!
在沉寂繁星的静默了的经咒声里,
　　　向你顶礼!
在劳作完毕、十分安静的驿馆里,
　　　向你顶礼!
呈上这香气浓郁的黄昏的花环,
　　　向你顶礼!

愁思的雨帘

眼里的泪水
　垂入
　愁思的雨帘。
心扉前
停着
　友人的车辇。

相聚之杯
　斟满别情，
　斟满离愁；
递他手中，
　从此再无
　再无相思之苦。

多年阻隔，
　心中充满
　神奇的幻想，
一瞬之间
　得以满足
　摩挲的渴望。

最终明了
　昔日为谁
　伤心哭泣。

无上光荣,
　这觉醒,
　这滴滴泪水。

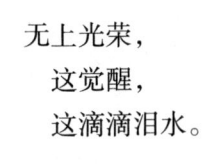

拥抱死亡的心儿

啊,残酷者,你的箭壶里
　　还有利箭?
你要张弓搭箭猛射
　　我的心坎?
　　我害怕被击中,
　　逃走,闭上眼睛,
　　纱丽遮着脸。

我十分畏惧
　　你高超的射技,
所以我心中
　　惶恐之火腾起。
　　无所畏惧的那天
　　你的利箭射完,
　　拥抱死亡的心儿
　　活在人间。

一颗心吻颤另一颗心

走出秋阳下的莲花丛，
　她漫不经心地
　走进我的心。
　她金镯的叮当
　在晨光中回荡，
　纱丽的下摆在风中
　飘拂弄影。

她奔放的乌发逸散芳馨，
　茉莉花枝下醉倒了
　孤单的清风。
　一颗心吻颤另一颗心，
　外面的世界动感情。
　今日她痴迷的顾盼
　布满了晴空。

这就是光

拂晓,残夜细嫩的手
　　把自己点亮,
这就是光——
　　这就是光。
这就是黎明,这就是穹苍,
这就是祭礼之花的怒放,
这就是纯洁,这就是温馨,
　　这就是美的形象——
这就是光——
　　这就是光。

浓云的怀里幽暗
　　把自己点亮,
这就是光——
　　这就是光。
这就是风暴挟带的闪电,
这就是愁闷之火的花环,
这就是自由,这就是璀璨,
　　这就是美的形象——
这就是光——
　　这就是光。

燃烧的情琴

你如何弹奏
　燃烧的情琴?
星光的优美歌声中,
　喜颤着夜空。
　也许因为你的手
　抚摩了我的情愫,
　生活之榻上
　崭新的创造苏醒。

弹得响你才弹拨——
　这样的光荣,
哦,天帝,使我心中
　一切都能容忍。
　你炽烈的火焰
　一次次在我的夜晚
　以痛楚点燃
　一颗颗新星。

黄昏女神

黄昏女神悄悄摘下
　　她金灿的首饰。
天际拖曳她散落的黑发,
手中捧着闪光的星辰之花。
　　暮色笼罩她的祭祀。

她缓缓地把自己的疲惫
　　塞进宁静的鸟巢里。
丛林深处,胸前的衣襟遮住
流萤之灯,安静的念珠
　　拨了一回又一回。

她藏起来的艳丽花卉
　　秘密地泄逸芳菲。
她生命的凝重的话音
在和风中悄然融进
　　沉甸甸的情思。

面纱后面她的秀目
　　噙晶亮的露珠。
她风姿的无穷珍异
对无形的幽黑表示
　　至诚的敬意。

心　　镜

我的心镜里显现
　　你宇宙的慈相。
你的苍穹是硕大的莲花，
　　在我的心海绽放。
这蔚蓝这葱绿，
滋润着我的肢体——
染红我热血的，
　　是你那万道霞光。

我心中，这秋日
　　热情的朝晖
刹那间送来
　　世代的喁喁情语。
你静穆的繁星，
午夜目不转睛，
为什么在我心扉前
　　倾吐着热望？

站在躯壳外面

脱离自己的躯壳，
　　站在外面，
听见世界的回声萦绕
　　在你的心天。
让万顷波涛
在你中间跳舞，
　　让亿万生命摇颤——
　　站在外面，站在外面！

坐吧，蜜蜂，蔚蓝中
　　摆张交椅，
朝霞的金色花粉，
　　涂抹肢体。
哪儿有无穷的憩息，
那儿就展开你的双翼，
　　飞出一圈圈眷恋——
　　站在外面，站在外面！

"无限"的大门洞开

我的旅程
　　　结束之处，
　　　　　"无限"的大门洞开。
我的歌曲
　　　停歇之地，
　　　　　是乐曲的静海。
遮翳我眼睛的
　　　一片黑暗里，
　　　　　亿万星斗闪烁。
舒展的花瓣
　　　凋落尘埃，
　　　　　花心结出甜果。
博大的事业
　　　隐退之日，
　　　　　获得博大的机缘。
我中之我
　　　耗尽之时，
　　　　　在你中间再现。

泰姬陵

啊,泰姬陵!
是谁给了你生命?
年年岁岁
是谁向你提供了玉液?
因而你手擎大地一束欢乐的花朵,
仰望着天界琼阁;
春天别离的哀伤的叹息
常年伴随着你;
幽会的残夜,倦眼
怅望着暗淡的灯盏,
情人低唱的含泪的恋歌
在你的心窝
萦绕不停,
啊,泰姬陵,不朽的泰姬陵!

啊 郁郁寡欢的皇帝,
你从破碎的心里
掏出一件追恋的珍奇;
送入世界的手中,
送入恋人的久别重逢。
没有帝国的军队
在它四周守卫。
碧空
满怀爱怜之情

千秋万世
无声地吻它洁白的胴体；
朝阳馈赠的霓裳
放射着初恋的光芒；
面带分离的苦笑的冷月，
给它抹上凄凉的色泽。

啊，忠贞的皇后泰姬·玛哈尔，
你对爱情的回忆富于高洁的美质。
那游离了你的回忆
渗透生活不灭的光辉，
在黎民百姓中间
永无止境地扩展；
无形的回忆凝成形体，
将皇帝的宠爱融入人世的情义。
从幽深的宫苑
你取出骄傲的珠冠，
戴在天下有情人的头上，
不管他们住在泥房
还是在金碧辉煌的王宫，
你爱情的回忆使他们分享光荣。

皇帝的悲心，
皇帝的珠宝金银，
永别了这座宏伟的建筑。
如今人类隽永的情愫，
热烈地
拥抱着陵墓的瑰丽；
朝朝暮暮
进行着执著的苦修。

爱的抚摩

哦,世界,
我不爱
你的时候,
你的阳光找不到它的财富。
这期间,
苍天
擎着灯,
在虚无中俯视路径。

我的爱唱着歌,
姗姗而来;耳语片刻,
摘下自己的花环,
戴在你的胸前,
眼里漾出动情的笑容,
悄悄给你的赠品
在你幽秘的心里永远
编入繁星的花冠。

天　堂

兄弟，你知道天堂在哪里？
　　天堂没有详细地址。
它没有开始，没有结束，
　　它没有故土，
　　它没有东西南北，
它没有黑夜，没有白日。
我在空虚的天堂周游，
　　天堂是打足虚幻的气球，
得益于累世经代的德行，
　　今日我成为泥土上尘土塑成的人。
天堂的成就体现于我的肉体，
　　我的爱情，我的仁慈，
　　我激情汹涌的胸膛，
我的廉耻，我的服饰，我的欢乐，我的悲伤。

　　我的歌曲里
　　天堂喃喃絮语。
我的生命里找到了它的地址，
　　满天的喜悦中它对我俯视。
方向女神的花苑里法螺正吹奏，
　　七大海洋敲击胜利的锣鼓，
　　于是百花争艳。
森林的绿叶，清澈的河水，一片忙乱。
　　我的天堂诞生在泥土母亲的怀里，
欢快的波涛上清风传播着这则消息。

鸿　雁

　　夕晖中粼粼闪光的吉拉姆河
　　　弯弯曲曲融进了苍茫暮色。
　　　像一柄长长的弯刀
　　　徐徐插入幽黑的刀鞘；
　　　白日的光潮已经退尽，
　　黑夜之潮映着花朵般的星辰；
　　　山麓溟濛
　　　静立着一排排雪松；
　　造化仿佛在梦中要把话倾吐，
　　　却始终说不清楚，
　　　只有断续含混的音节
　　　在黑暗中回荡不绝。

　　　突然，
　　　我听到暮天
　　传来雁啼，像闪电
　　掠过空廓的荒原，愈传愈远。
　　　啊，鸿雁，
　　浸润风暴的酒浆，你的翅膀有些醺然，
　　　一路上撒下愉快的朗笑，
　　　在天空卷着惊诧的浪涛。
　　　你鼓翼的声音
　　　如驾云遨游的仙女的歌吟，
　　　骚扰了仙人坐禅的宁静。

沉入黑暗的雪松
和奇峰秀峦
一齐快活得抖颤。

你双翼带来的信息
在不安分的"静止"的心底
一瞬间
促发了情感的剧变。
于是群山想变为维沙克月漫游的行云；
　　林木欲挣脱泥土的囚禁，
　　展翅高飞，尾随鸿鸣，
　　盲目地寻苍天的止境。
啊，鸿雁，你四海飘零，
　　打破黄昏的痴梦，
　　勾起别情的波浪，
　　滚滚涌向远方。
　　宇宙的心房里回荡着你热烈的心曲：
"不是这儿，不是这儿，而是遥远的边地。"

　　啊，鸿雁，
今宵你为我抽掉了"沉寂"的门闩，
　　我听见空灵的巉岩和山泉中
　　有勇猛矫捷地翱翔的声音；
　　芳草在沃土的天空飞来飞去；
　　地下神秘莫测的幽暗里，
　　亿万种子的大雁
　　已把芽苞的双翼伸展。
　　今夜我看见森林、山冈
　　张开巨大的翅膀，
　　飞过一座座岛屿，
　　朝陌生的地方飞去。

繁星的鼓翼声中，
　　昏暗的微光在哀鸣。

我听到不息的人声喧语
　　从迷蒙的往昔
循着无形的路向幽茫的未来飞行。
　　我听见我胸中
　　有一只弃巢的鸟
　　与无数别的飞禽一道
　　日夜飞渡生疏的河岸，
　　穿过光明与黑暗。
　　虚缈宇宙的翅膀在歌唱：
"不是这儿，不是这儿，而在悠远的地方。"

莎士比亚

世界诗人，遥远的大洋彼岸
　　你诞生的那天，
英国的广袤大地把你搂在胸口，
　　以为你只是她的财富；
　　她热吻你光润的前额，
伸出森森的绿臂抱着你凝视片刻；
　　在林花盛开、芳草萋萋、
　　露水晶莹的仙女的乐园里，
　　用雾纱遮盖你一段时间。
　　岛国的林园
尚未在对诗人这轮太阳的颂曲中苏醒。
　　而后你缓缓离别地极的暖胸，
　　受到"无限"的无声的暗示，
　　踩着纪元的阶梯，
　　终于登临
　　正午阳光灿烂的苍穹；
　　在各个方向的交叉点，
　　你辉煌了世界的心田，
　　获得尊贵的宝座；
　　你望见时代之末
印度海岸椰子林摇曳的枝叶
　　高唱你胜利的赞歌。

最后的建树

常听人说某某走了,
　　我纠正道:"莫说
他没了。"那是假的,
　　因此
绝对无法接受
　　心里被搅出的痛苦。

对人来说,
　　往返平分秋色。
　　两者的语言
　　各载希望的一半。
　　我盼望心灵
汇合的大海充满"有"与"无"的平等。

星 期 天

星期一,星期二,星期三,
他们跑来快得出奇,
他们家是不是有
一架特大的飞机?
哦,妈妈,星期天
为什么来得这么慢?
慢吞吞,慢吞吞,
走在一星期的最后面。
她的家是不是在
天上最远的地方?
妈妈,她是不是像你,
是个穷人家的姑娘?

星期一,星期二,星期三,
他们老想赖在这里,
看上去他们一点儿
也没有动身的意思。
是谁想撵走星期天,
对她露出一副凶相?
明明只过了半小时,
就把钟敲得当当响。
天上的海边一座房子里,
从早到晚是不是她最忙?
妈妈,她是不是像你,

是个穷人家的姑娘?

星期一,星期二,星期三,
他们的脸呀都像黑锅,
对我们这些小朋友,
他们向来十分凶恶!
可是星期六的黑夜结束,
我们睡懒觉醒来了,
我总看见星期天她
满脸是友好的微笑。
临走的时候,她久久地
望着我们,眼泪汪汪。
哦,妈妈,她是不是像你,
是个穷人家的姑娘?

想　　念

我想不起妈妈的模样。
　只有当我做游戏时，
　我的耳旁
突然奇怪地响起一种
　优美的乐音，
妈妈说过的话好像
　融化在我的游戏中。
以前，她摇着摇篮，
　也许曾轻声歌唱；
后来她走了，一面走一面把
　歌声洒在身后的路上。

我想不起妈妈的模样。
　只有在阿斯温月的
　早晨，茉莉花的清香
从花林里飘来，驾着
　露水打湿的秋风，
我心里为什么
　想起妈妈的叮咛？
以前，哪天挎着一只花篮，
　妈妈从外面回到家里，
祭拜神灵的花香中
　融进了妈妈的气息。

我想不起妈妈的模样。
　　只有当我坐在
　　卧室里的椅子上，
透过窗户仰望着
　　高远的蓝天，
妈妈好像目不转睛地
　　在天上看着我的脸。
以前，哪天她端详着
　　怀中的我的面孔，
她的目光布满了
　　无垠的天空。

谁最淘气

妈妈,你老嫌我淘气,
　　别人好像全挺懂事。
米塔尔家的卡鲁、尼鲁,
　　哥儿俩真的那么诚实?
哼,查迪斯他乖,萨迪斯他乖,
　　剃光头也是他俩最漂亮。
妈妈,你干吗老夸他俩,
　　说他俩为父母脸上增光?
还有玛康老爷的两个儿子,
　　捣起蛋来谁比得上?!
把他们家的恶狗拴在门口,
　　见人就咬,汪汪汪汪。

妈妈,你叮嘱的话,
　　我哪天不记在心上?
我穿的上衣、裤子,
　　你哪天看见很脏?
是的,有时玩过了头,
　　我淋成了落汤鸡。
可是比起你的儿子,
　　难道没有人更顽皮?
妈妈,你说真心话,
　　爸爸他比我乖么?
他在你面前从来

没有瞪眼、发火？
你说的话他记在心里，
　一句话也没有忘掉？
当他正玩得入迷，
　你一喊他就往家跑？

太 阳 颂

啊,太阳,我的朋友,
　舒展你光的金莲!
举起铮亮的巨钺,
劈开饱盈泪水的苦难的乌黑云团!
　我知道你坐在莲花中央,
　披散的发丝金光闪闪。
　　催醒万物的梵音
飞自你怀抱的燃烧的琴弦。
　　今生今世
第一个黎明,你曾吻遍
　　我纯洁的额际。

你的热吻点燃的光流
在我的心海翻涌着灿烂的波涛。
　永不平静的火焰
在我的歌里腾跃呼啸。
印着吻痕的我的碧血
在韵律的洪水里旋舞。
如痴似狂的乐音
融合着炽热的情愫
　飘向四方。
你的吻也引起心灵无端的啼哭、
　莫名的忧伤。

谨向你熊熊的祭火中
我追寻的真理的形象顶礼。
远古的诗人，昏眠的海滨
你吹响的驱散黑暗的苇笛
是我的一颗心；
从笛孔袅袅流逸
天空云彩的缤纷、
林中初绽的素馨的芳菲、
　岩泉的叮咚。
旋律的跌宕中活力的春水
　涨满我的全身。

我的灵魂是失落的歌调。
你登上乐曲之舟，
好奇地搂着苍茫大地，
含笑在岁月之川上漂游。
阿斯温月温煦的阳光下，
我受缚的灵魂
不甘寂寞地躁动，
好似露湿的素馨花
　折射的光芒。
波峰上你翩舞的光束把惊怔
　投入我的眼眶。

热力的宝库中什么珍宝
你赐给了我？
在我幽深的心底编织什么梦想，
以各种各样的颜色？
你派遣的女使者
作画在广野的高堂，
顷刻间悠悠往昔

那无形奇妙的幻想
　　隐逝无遗。
啼笑、苦乐恢复正常——
　　不将我锁闭。

斯拉万月女使者们
躲在摇颤的绿叶簇中，
脚镯与跃过巉岩的
淙淙流淌的清泉共鸣；
维沙克月畅饮风暴的美酒，
微醺起舞，天摇地颤。
别绪依依的春天
馈赠全部细软。
　　忙了一阵，
她们消失在清贫的天边，
　　不留下足印。

啊，太阳，你的宫阙里
秋日的金笛吹着神曲。
拥有朝晖、清露、眼泪、甜笑的世界
时而欢快，时而忧郁。
不知我的歌儿听到谁的召唤，
陡然有了疯狂的热情，
像游方僧沿着太空之路
专注地朝你飞骋，
　　提着花篮。
光的乞儿，梦游般能跨进
　　你的圣殿？

啊，太阳，打开大门，
将我久候的歌儿搂在怀里；

火泉之畔举行"安谧"的洗礼,
涤尽惶惑、惊悸。
黄昏用晚霞的朱砂
把她的分发线抹红;
黎明时分用晨星
在她细嫩的眉心
　描吉祥痣;
以海浪雄浑的音韵
　奏响暮曲。

完　满

一

一个寂静的子夜，
　怀着
　不眠的激动，
你缓缓地低下头，
　眼眸
　盈泪，把我的手亲吻——
你对我说："你若远去，
　每日
　无边空虚的重荷
将我的情感世界
　压得
　像一片荒芜的沙漠。
天空布满的疲惫
　从心里
　将全部安宁夺走。
没有快乐，没有阳光，
　哀伤
　缄默，比死更难受。

二

听罢,我把你的头
　　搂在胸口,
　　俯耳对你轻声说——
"你如果弃我远去,
　　你的
　　歌曲里永远闪烁
一道道悲怆的闪电,
　　我的心田
　　在灼灼电光中睒睁。
离别的美妙的游戏
　　终日
　　在我眼中胸中进行。
到了远方,哦,情人,
　　你能
　　找到最近的心扉——
于是在我的世界你
　　可以
　　拥有完满的权利。"

三

大熊星座的星星
　　聆听
　　两位情人的耳语,
这耳语的一条小河
　　流过
　　一簇簇芳香的晚香玉。
之后,无边的分离

以死的
　　　　形式立在两人中间。
见面、交谈从此结束,
　　　　轻抚
　　　　丧失的无极里没有语言。
然而虚空并非虚空,
　　　　苍穹
　　　　蔓延悲痛的烈火,
一个个在火焰里
　　　　以火曲
　　　　创造梦的世界。

我的玉兰

你从何处像梦魂飘入我的心殿?
　　哦,我的玉兰!
"认识我吗?"在我不懂其语言的异域,你开了口;
我的心儿望着你吟唱:"认识,认识,我的挚友。"
多少个清晨为我熟稔的笑容披露了你的心意:
　　"啊,我爱你!"

你从何处像离情注入我的心坎?
　　哦,我的玉兰!
我于是思念黄昏丛林里淅沥的雨声、
平原上梦一般徜徉的夏日的湿风。
夜雾浥湿的幽暗里轻漾着你的心迹:
　　"啊,我爱你!"

你从何处像伉俪的笃爱来到我面前?
　　哦,我的玉兰!
我于是怀想深夜窗口闪烁的灯光,
但不快乐,满腹悲哀,泪盈眼眶。
那一夜你的花环在我的灵府表明心志:
　　"啊,我爱你!"

你送给我悠悠岁月的一声长叹,
　　哦,我的玉兰!
在我胸口压上跨越时代的重负——怅然眺望大路,

一次次走到门口,一次次退回沉默的孤屋。
你心中永盼的情笛吹出泪浣的真挚:
"啊,我爱你!"

诗歌卷

随感集(摘选)

一

梦,我心灵的流萤,
梦,我心灵的水晶,
在沉闷漆黑的子夜,
闪射着熠熠光泽。

二

我的随想在路边
开了瞬间的花朵,
观赏的行人
走着走着将它忘却。

三

蝴蝶活着
不计算年月,只计算瞬息,
时间对它来说,
是无比的充裕。

四

魆黑的睡眠的洞穴里，
梦鸟筑了个巢，
收集喧嚣的白日
那遗留的破碎的话语。

五

火花奋翼，
赢得瞬间的韵律，
满心喜悦，
在飞翔中熄灭。

六

大树凝视着
静美的绿影——
是它的眷族，
却无从贴近。

七

我的深爱
是阳光普照，
以灿烂的自由
将你拥抱。

八

春意挣脱
冻土昏睡的缧绁，
似闪电疾驰，
催绽满枝新叶。

九

在黑沉沉无底的
静夜的海面，
像漂浮的彩色水泡，
曙光无限地伸延。

十

云彩是岚气的山脉，
山脉是岚气的云彩，
怀着莫名的激情在日月的梦中，
跨越一个个朝代。

十一

天帝欲以爱情
建造他的寺庙。
俗人把砖石的胜利
一直砌上碧霄。

十二①

蔚蓝的天空
俯瞰苍翠的森林,
它们中间
吹过一阵喟叹的清风。

---

① 这首诗是给林徽因的赠诗。

寻　觅

我在你眼睫的绿荫里
　　寻觅心语的花蕾；
误入扑朔迷离的幻境，
　　不知何时，方向迷失。
我的视线询问忧郁的秋波，
　　为何觅不到羞涩的秘密？
问罢沉入浑浊的泪潭，
　　像稚童跌进一团狐疑。

我一腔痴情可曾在
　　你的芳心投下柔影？
门上画的一朵红莲，
　　对你诉说了我的心声？
踯躅在你的花园曲径，
　　风中荡漾着我的哀伤。
难道无人看见我的情笛
　　在天幕草书的一段衷肠？

无所畏惧

情人啊,在人世,你我不以动人心魄、
盈泪的美妙乐曲建造玩具般的天国,
　不以花箭射出的微痛的甘甜
　　创造洞房花烛的夜晚;
你我不能性情懦弱,沦为命运的脚下的乞丐,
我确信没有什么可怕的,你在,我也在。

从事艰巨的事业,在坎坷的道路上,
你我携手奋进,爱情的旗子高高飘扬。
　苦难的日子忍受悲痛,
　　但无须宽慰无须宁静。
渡河缆帆如果折断,木舵如果毁坏,
面对死亡,我知道你在,我也在。

彼此的眼里看清现世,彼此的身上发现自身——
你我搀扶着忍受穿越漫漫沙漠的艰辛。
　不去追逐海市蜃楼的缥缈,
　　不去诱惑良知将黑白混淆。
你我一息尚存,人世的路上豪情满怀,
情人啊,愿此言成为海誓:你在,我也在。

芒 果 园

踏着你的绿径,在你心中
笛手吹奏听不见的情曲,
　　哦,芒果园。
他的轻抚也弹响我的心琴,
与他是否相识却是
　　解不开的疑团。
我在我心里品尝着你心中
涌溢的浓烈甘汁,
　　哦,芒果园。
和我一样渴求辞藻,你那颗隐秘的心——
枝叶里流淌着浓浓的欢乐的隐痛,
　　探寻未知,
　　你和我一样奋勇向前。

你全身茂密、油亮、羞怯的新叶
一刻不停地摇晃,
　　哦,芒果园,
我也以心底难抑的激情、欢悦、
和勃生的奇特想象
　　重新装扮,
无形的精灵呼出的气息在我心里
飘绕,朝朝暮暮,
　　哦,芒果园。
我鲜花的娇丽是辞藻的修饰,

翻然苏醒,心灵要为自己
穿音符的编织物——
　　旋律的罗衫。

你绽放的千万种语言的鲜花
是人间的千古绝句,
　　哦,芒果园,
哦,你是天空的知音,带去吧,
带去大地深藏的
　　离别的哀怨,
那些语言轻易融入和风的呼吸、
蜂群的嗡嘤,
　　哦,芒果园。
那些语言也轻易飘入我清寂的心底,
渗透幽秘的灵魂的承诺、暗示,
潜入梦中的感情,
　　在我的冥想中盘桓。

渺远的前世被遗忘的情人的柔声细语
在你的花香中储存,
　　哦,芒果园。
你神秘的飒飒声似在叫谁的名字,
聆听着我的全身
　　禁不住喜颤。
我的思绪和你的芳菲一起
朝生死的彼岸驰骋,
　　哦,芒果园。
那儿仙境的"美"的圣殿里
点燃生命的希望之火,修道女
黄昏时分
　　奉献圆满。

古往今来,你周身的骨髓里
流溢春天的甜蜜,
　　哦,芒果园。
古往今来,畅饮青春美酒的乡村情女
用你提供的首饰
　　将秀发装扮。
你根须的手指抓住大地的胸膛,
汲取生命的乳汁,
　　哦,芒果园。
那儿我建造了居住数日的泥房——
适逢你的节日,通宵达旦,我吟唱
行路的歌曲,
　　曲终在明天。

致帕卡萨城堡里的政治犯

太阳的赞歌嘲笑漆黑的子夜。
苍鹰囚在笼中,歌声不理会羁勒。
  喷泉的细缝里
  冲天而起的
受缚的水珠,对光明热情地祝贺。

幼苗顶穿冻土的厚垒,以奋起的
活力为晴空带来无比自由的咒语。
  由于杜尔迦①赐恩,
  庄严的时刻英雄
以死在人间建成一座天国的都市。

是谁向世界宣告"我们是天神的子孙"?
是谁颖悟英魂不朽,慷慨献身?
  是谁在痛苦中懂得
  毁灭中蕴涵快乐?
是谁以囚徒锁链的韵律阐述自由的内容?

---

① 毁灭大神湿婆的妻子。

责　问

薄迦梵,世世代代,你向这无善的世界
　　一次次派遣使者——
他们宣扬:"要宽恕一切罪孽,热爱所有的人,
　　从心里摈弃仇恨。"
他们是值得缅怀和钦敬的,但在苦难的日子,
我站在门口送别他们只能以沮丧的施礼。

我看见暴力戴着面具藏于伪善的夜色,
　　残酷地戕害弱者;
我看见面对无力控制的强权的罪恶,
　　法律在幽僻处无声地痛哭。
我看见年轻人因无法排遣胸中的悲痛,
疯了似的头撞岩石,白白地丧失生命。

如今,我的喉咙已经塞壅,我的笛子
　　吹不出乐曲。
晦日牢笼似的昏黑把我的世界囚于噩梦之中,
　　所以我含泪责问:
"毒化你空气的人,扑灭你光华的人,
你难道饶恕他们,你难道钟爱他们?"

致 佛 陀

——写于鹿野苑①穆尔甘特库梯寺院落成之际

你的故乡曾因你的圣名而
　　举世闻名。
让你的圣名再次传遍印度的
　　乡村城镇!
菩提树下,让你当年的大彻大悟
再度指点迷津,揭去幻想的帷幕!
遗忘的残夜,对你的回忆之花在印度
　　盛开在崭新的黎明!

无量寿佛,愿你延长这里奄奄一息的
　　心灵的天年。
你的诵经声中,让这儿昏沉的风儿
　　重又生意盎然。
推开关闭的重门,让四周的法螺
吹响迎接你光临印度的新歌。
亿万歌喉唱出无量爱情的喜讯——
　　迸发无敌的呐喊!

---

① 今属印度北方邦巴郎希县的一个村庄,释迦牟尼曾在那儿传教。

东　方

　　苏醒吧,古老的东方!
世世代代,无月之夜的
浓稠的黑暗笼罩着你;
你昏昏入睡的河湄
　　毗连着灭亡
　　苏醒吧,古老的东方!

生活的优美歌曲
在唧唧蚕鸣中消逝;
阳光的吉祥呼唤何时
　　在血管里旋舞着流淌?
　　苏醒吧,古老的东方!

谁献给你新的誓词?
我静坐着期望他以
崭新黎明的点金石
　　触得大地灿烂辉煌。
　　苏醒吧,古老的东方!

我双手合十,祝愿
你撕碎衰朽的厚幔,
头戴朝阳璀璨的桂冠,
　　显示全新的形象。
　　苏醒吧,古老的东方!

新时代热切地呼唤：
"开门,开门,荡涤黑暗!"
痛苦的沉重打击顷刻间
　　恢复你昔日的荣光!
　　苏醒吧,古老的东方!

毁灭大神湿婆的号角
吹奏雄浑的维伊罗调,
以新生之手接受一条
　　芳香的花串闪射着光芒。
　　苏醒吧,古老的东方!

人类的儿子

　　为感悟闻讯赶来观看的人，
耶稣在十字架上献出了不朽的生命。
　　自那时起，
许多个世纪过去了。
今日，他从天国降临人世，
　　极目四望，
只见旧日刺得人
遍体鳞伤的罪恶凶器——
狰狞的矛戟，
　　狡诈的匕首、短剑，
　　残忍狠毒的巨钺，
在吊着一面乌烟熏黑的旗子的工厂里，
飞快地霍霍磨砺，
　　飞溅出炫目的火花。

而新近制造的死亡的箭矢，
在刽子手的手里闪着寒光，
　　教徒以尖利的指甲
在上面镌刻着姓名。
耶稣手捂胸口，
恍然省悟他死刑的执行期
　　远没有结束。
科学的殿堂里试制的新式矛戟
——刺进他的关节。

那天站在宗教庙宇的黑影里
杀害他的凶手,
　一群群地复活了,
　而今站在庙宇神坛前面,
诵经似的命令行刑的士兵:
　斩尽杀绝!斩尽杀绝!
人类的儿子悲怆地仰天长叹:
"哦,上帝,世人的上帝,
你为什么把我抛弃?"

一个人是一个谜

一个人是一个谜，
　　人是不可知的。
人独自在自己的奥秘中流连，
　　没有旅伴。
在烙上家庭印记的框架内，
　　我划定人的界限，
　　定义的围墙内的寓所里，
他做着工资固定的工作，
　　额上写着"平凡"。

不知从哪儿吹来爱的春风，
　　界限的篱栅飘逝，
"永久的不可知"走了出来。
我发现它特殊，神奇，不凡，
　　无与伦比，
　　与它亲近，
　　需架设歌的桥梁。
　　用花的语言致欢迎词。

　　眼睛说：
"你超越我看见的东西。"
　　心儿说：
"视觉、听觉的彼岸布满奥秘——
　　你是来自彼岸的使者，

好像夜阑来临，
　地球的面前显露的星斗。"
于是我蓦然看清我中间的"不可知"，
　我未找到的感觉
　时时在更新。

非　洲

太古的混沌时期，
　　自轻的造物主一回回
　　砸毁自己新塑的物象。
他烦躁不安、频频摇头的时刻，
　　非洲，凶猛的大海伸手
从东方的怀里攫走了你，
把你囚禁在密林守卫的
　　吝啬的阳光的内室。
　　孤寂的时刻，
你收集莫测的奥秘，
　　识读水、土、太空的
　　不可理解的符号，
造化的看不见的魔术
　　在你意识寡少的脑际
　　激发诵经的欲念。
你装成丑陋的模样冷嘲"恐怖"，
　　急骤地擂击鼓鼙，
以磅礴的气势为自己壮胆，
　　以此战胜心头的惶恐。

唉，以浓荫遮面的女人，
　　昏浊的鄙夷的目光下，
你那黑色面纱后面的容貌
　　　鲜为人知。

他们拎着铁链手铐来了,
　　他们指甲的锋利甚于
　　你森林里的豹齿,
他们是来逮人的,
他们的骄横比不见天日的丛林还要昏黑。
"文明"的野蛮的贪婪
　　　　暴露了无耻的灭绝人性。
愁云惨雾笼罩的林径上
　　回荡着你的无声哭泣,
你的血泪浸浊了泥土;
强盗们的钉靴蹂躏的荒凉土地
　　在你受辱的历史上
　　留下永久的痕迹。

可是大海的彼岸,
　　他们村落的教堂里,
早晚响着礼拜的钟声和
　　　　对慈悲的上帝的祈祷;
婴儿在母亲的怀中嬉笑;
　　诗人的歌声抒发对美的追求。

当席卷西方地平线的风尘窒息了黄昏,
　　当野兽爬出秘窟,
用不祥的怪叫宣告一天的死期,
　　　脱颖而出吧,
　　划时代的诗人!
披一身夕阳的余晖,
站在失却贞操的女人的门口,
　　恳求说:"请你宽恕!"——
让此话在充满杀气的叫嚣声中
　　成为你文明最后的祝福!

射向中国的武力之箭

　　战鼓咚咚敲响,
　日本士兵梗着脖子,
眼睛血红,
　　牙齿咬得咯咯响。
为给阎王的筵席呈送鲜嫩的人肉,
　他们列队出征。
出发前进入慈悲的佛祖的庙宇,
祈求神圣的祝福。
　　　战鼓咚咚,
军号阵阵,
　　世界瑟瑟战栗。

鸣钟击磬,香烟缭绕,
　祈祷声袅袅升天:
"大慈大悲的佛祖,
　保佑我们旗开得胜。"——
他们将用刺刀挑起
　惊天骇地、撕心裂胆的惨叫,
斫断千家万户爱情的纽带,
把太阳旗插上
夷平的村庄的废墟。
他们将摧毁知识的宫殿,
　粉碎"美"的圣坛。
为此他们特来接受

仁慈的佛祖的祝福。
战鼓咚咚，
　军号阵阵，
　　世界瑟瑟战栗。

他们将计算他们的枪口下
死伤的人数，
随着报告成千上万死伤者数字的节奏，
敲打胜利的锣鼓；
用遍地儿童、妇女血肉模糊的尸体
招引鬼魅的狞笑。
　他们唯一的愿望
　　是把虚伪的诵经声
　　　灌满世人的耳朵，
在他们的呼吸中羼入毒气。
　他们怀着这种心愿
进入仁慈的佛祖的寺院，
　接受他善口的祝福。
战鼓咚咚，
　　军号阵阵，
世界瑟瑟战栗。

远飞的心绪

你立在暗处，
　　考虑着是否进屋。
我隐隐听见你的手镯声。
　　你粉红的纱丽的一角
　　在门外风中飘拂。
我看不见你的面容，
　　但看见西天的斜阳
　　把窈得的你的倩影
　　　　投落在我房间的地板上。

我看见门槛上的纱丽贴边下
　　你白皙纤足的游移的迟疑。
我不会喊你的。
今日我飘逸的心绪
　　像九月下旬深邃天穹的星云
　　和雨后湛蓝的天空
　　　　隐逝的白云。

我的爱情，
　　像一块农夫遗弃多年、
　　田埂毁坏的稻田；
　　　　元初的自然
　　　　漫不经心地在上面
　　　　　　扩展自己的权限。

荒草和不知名的树木蔓生，
　　与周围的丛林连成一片。
我的爱情，
　　也像残夜的启明星，
　　在晨光中沉没自身的光环。

今日我的灵魂不受限制，
　　为此你可能对我误解。
先前的痕迹已经抹尽，
　　任何地方的任何樊笼里
　　无法将我囚禁。

女 儿 别[①]

母亲,今日送别女儿,
你想起自己的过去,
那时你也是少女。
　　命运
让你离开母怀,在人世之河中
漂向远方。
　　苦乐
抹去几多岁月,
　　分离的伤口愈合。
今世的卷首——恰似
一抹朝霞——在短促的黄昏隐逝于
　　它的金雾。
儿时额上纯洁的吉祥痣融入
分发线上的朱砂。
　　朱砂割断
　　　人生的首篇。
那割下的首篇今日
又回到你女儿眷恋的眼泪里。

---

① 本篇系诗人为南特拉尔·巴苏的画配写的诗。

失败的玩笑

周围的蟒蛇
　在喷吐毒气，
此时宣扬和平的福音
　是开无效的玩笑。
　临别之际，
我呼唤普天下准备
　与魔鬼搏斗的勇士。

恒 河

啊,恒河,
洪荒时代你足前萦绕着
　　凡世的恸哭;
神仙维吉罗陀沉湎于再生的苦修,
　　越过重叠的山峦,
向你传达死亡囚禁的鬼魂的呼唤——
　　请你赠送生命——
热情地说,啊,你是性灵的化身,
　　让荒漠轻吻你的赭色裙裾,
　　生长芳草,洋溢生机。
给不结果的树木累累硕果,
　　化解青藤不开花的苦厄。
让缄默的大地
　　说出鲜活的话语。
啊,恒河,你是生命的形象,
　　你流经的地方,
　　荒原的昏睡消散,
　　荡起苏醒的波澜,
　　泥土的院落里响起歌声,
　　两岸林木茂盛;
　　沿岸崛起的城市
　　堆满生活创造的富裕。

　　凡人不知怎样

才能战胜最畏惧的死亡；
　　冥想中望着你
从长生不老的湿婆的发髻
　　随滔滔不绝的甘霖
　　时刻降临
　　凡世。
人们在两岸的圣地
　　盼望你的祭品，
叫喊着——割断虚假的恐惧之绳！
　　揩净被我抹黑的死亡的脸！
让死亡肃穆的神态并不令人惊恐不安！
　　你潺潺流动的水里，
　　注入它的歌曲，
把人生之舟涌向最后的河埠；
　　在迷茫的旅客的额头印上你的祝福，
　　让他收下一笔
　　新的旅程需要的川资；
　　最后的时刻，
　　他侧耳听着
通往无名大海的路上
　　你赴永久的幽会的歌唱。

新婚戒谕

法尔衮月初举行盛大婚礼,
愿你们的胭脂盒流传万世。
　想说话忍住切莫开口,
　　面纱不得远离鼻尖随意飘拂,
省得婆婆指摘儿媳妇不知羞耻。

做饭务必符合烹饪的传统,
需知这是爱情最结实的红绳。
　烙的饼不能看似皮革,
　　不要说是皮匠的杰作,
否则丈夫咬一口便大放悲声。

千万别理会街坊说三道四,
盖严锁好你自己用的箱子。
朋友讨公道,店主催欠款,
　男仆、女佣跟你要工钱,
这是三界公认的三件麻烦事。

切莫鼓励购买新书的雅趣,
借书不还算不上什么过失。
　不管懂不懂梵文名著要放在身边,
　　经常翻阅古人的宗教经典;
时刻记住妻子是丈夫的影子。

逢年过节，当家人如不怪怨，
买印度大鲤鱼只管大把花钱。
　熏鱼的香味令心儿陶醉，
　光你们小两口在二楼品味？
孩子，嘴馋的诗人①要铭记心间。

命中注定你丈夫将平步青云，
如愿以偿，当上一位巡警。
　他的善行如果有回报，
　最后必有巴哈杜尔的封号，
此后，不知还有什么红运。

---

①　指泰戈尔。

天　灯

日光消逝，
　　暮色降临，
祖宅里一张张
　　熟悉的脸消隐。
遥望目标消失的远方，
　　不禁老泪纵横，
到户外去吧，
　　手擎内室的一盏灯。
今日空中闪耀的星星
　　是昔年欢聚的证人。
永别的残夜阴暗，
　　一颗星目睹露湿的空幻，
此时在夕阳的门旁
　　东张西望。
我怅然朝夜空举起点燃的灯，
　　那儿的一个梦陨落我心中。

忏　悔

高空电光闪闪，
下面是无比野蛮的黑暗，
地球的夜里，
瘦骨嶙峋与脑满肠肥拼杀惨烈，
罪愆的火焰迅速蔓延。
挂着文明招牌的地狱里
劫掠的珠宝堆积如山。

压不住的熔岩
触发惊天动地的地震，
凯旋门的基石瑟瑟颤动。
宝库的地面裂开，
幽深的洞窟里，
一条条蛰伏的蝮蛇醒来，
吐着可怕的信子，
含毒的气息迸溅火星。

不要空悲叹，
不要诅咒苍天，
日积月累的罪孽
在癫狂的破坏的手中
必定首先湮灭。
一旦史无前例的灾难的脓包破裂，
毒汁可以挤尽。

科学孵化的兀鹰啄烂沃野的绿胸，
贪婪的血淋淋的爪
总有一天僵硬。

权力的宴席上，
某些弱者把自己当做肴馔奉献。
食肉者抢夺他们被剁碎的心脏，
锋利的牙齿咬断他们的血管，
喷吐骨渣肉末，
玷污清洁的世界。
但杀戮的疯狂中
将萌生牢固、持久的和平。
我不愿喟然长叹，
胸中的愤慨渐渐平复。
安适的希图
培育的软弱上面，
放一把火，
便成青烟。

一群卑怯的教徒
鱼贯进入教堂，
花言巧语哄骗上帝。
灵魂抱着苍白的信仰，
心虚地祈祷安谧重返人世，
吝啬的祈祷不用花一个硬币。
金盘上，花篮里，
盘好千百条绳索，
企图以狡辩征服别国。
无尽的贪欲埋在内心深处；
煞有介事地唱赞美歌，
骗取上帝的宽恕。

上帝绝不容忍信徒对他侮辱、欺骗！
假如忏悔在真善美的严峻祭坛上
混融人世残存的真诚，
新的国家将诞生
新的生活、新的光明。

飞 人

机器的魔鬼变人为鸟，
　　践踏陆地、水域，
　　只剩下碧霄。

天帝赐给鸟儿双翼，
　　羽瓴勾画的美景
　　流溢着欣喜。
它们是流云的旅伴，
　　是长空骀荡东风的
　　家族的成员。
风的音韵贯透它们的高翔，
　　它们心中的歌播布
仙乐的悠扬。
所以大地葱郁的森林中
　　哼着小调的曙光在
啁啾中苏醒。
天宇下是辽阔的静谧，
　　翩舞的翅翼扇起
欢乐的涟漪。
它们自古在空中漫步，
　　把生活的喜讯传遍
林莽、幽谷。
不知怎的发生了变异，
　　鸟翼炫耀武力，展开

猖獗的旗子。
心灵之神不给予祝福，
　　春风不与它亲近，皓月
对它极其厌恶。
它们在晴空散布不协调，
　　刺耳的怪叫侵扰着
风和的春霄。
这是历史上肮脏的一章——
　　云中穿行的狞笑嘲讽
天堂的美光。
莫非到了时代的末端——
　　动乱——凶恶的兀鹰
不受到阻拦。
点燃死亡之火的仇恨、嫉妒
　　从云端投掷着破坏，
制造着恐怖。
假如神明欲安置金座
　　却觅不到理想之地，
那么，因陀罗，
用毁灭的愤怒的燃烧
　　在历史这最后一章
画一个句号。

听吧，呻吟的大地在祈祷——
　　愿绿荫里百鸟的歌声重又
柔婉、美妙。

呼吁——致加拿大

喧嚣、肆虐的飓风
撞倒文明的高峰,
　　激怒了世界历史。
宗教凄惶地低下头,
历代圣哲创造的财富
　　被魔鬼踩得粉碎。
来吧,所有年轻的民族,
自由之战的宣言,庄严地宣读!
　　高举战无不胜的信仰大旗!
血迹斑斑的断裂的路上,
用生命架设桥梁,
　　战车飞越鹿砦,所向无敌!
威吓的蹂躏下万不可
忘记身份,丧失气节。
不可用伪善用花招构筑藏身的岩洞,
不可对顶天立地的英雄气概冷嘲热讽,
不可为保全自己的性命
在强者的脚下把弱者当牺牲供奉。

上　色

光线暗淡的人生的黄昏，
对她的回忆日趋淡漠，
弹奏一曲深婉的恋歌，
为她模糊的形象上色。

这颜色苏醒于春天的
金色花的花粉，
这颜色溶于方醒的
杜鹃的啼鸣，
这颜色由一轮圆月
往番石榴树荫里倾泼。

她的形象随同晨曲
在我心空萦回，
她的形象和弦索的咏叹
把蜃景投入我的眼睛，
她的形象用胸中的热血染红，
是我梦中的嘉宾。

一篮柑橘

不知不觉沉入梦乡，
醒来一看，
脚边，
谁留下一篮柑橘。
张开想象的翅膀，
猜测
在一个个亲切的名字中间飞行。
知道也罢，不知道也罢，
来自各个方向的一个个名字，
带着一个个谜聚在一起。
所有的名字
化入一个真实的名字，
丰满了馈赠的情义。

他们在劳动

　　远望悠悠虚空，
　　　神思在慵倦的岁月之流上飘零。
映入眼帘的是时空路上影影绰绰的图画：
迈着骄横的步伐，
历代的战胜者一队队
奔向渺远的往昔。
远去了，觊觎帝国的帕坦人，
远去，莫卧儿人；
飘扬着胜利的幡旌，
凯旋的战车扬起蔽日的沙尘。
放眼空落的街衢，
不见他们的一点儿痕迹。
只有夕阳、旭日
世代辉映洁净的天宇。
同一个天穹下来了英国凶残的将士，
在铁铸的道路上驾驶
喷火的军车，
到处蔓延着他们的暴虐。
我知道时间将淹没他们走过的路，
　　冲决遍布印度的帝国统治的网罟；
我知道那些运货的武士
　　在地球的路上留不下浅显的足迹。

我睁眼注视着下层社会，

历代的黎民百姓成群结队，
　　　　满足着生活的需要，
　　熙熙攘攘从各种渠道
　　　　走向诞生，
　　　　　　走向消泯。
　　他们永世在船上掌舵，
　　　　他们永世扶犁耕播，
　　秋天收割成熟的水稻。
　　　　他们永世在城乡辛劳。
　　皇帝的遮阳伞总有一天
　　　　撕成碎片，
　　　　战鼓无人敲响，
　　凯旋柱忘却自身的含义，跟白痴一样；
　　手执沾血的剑戟、眼睛血红的士兵，
　　在儿童阅读的故事里遮掩面孔。
　　在昂格、孟加拉、羯陵伽①的海港、河埠，
　　　　在旁遮普、孟买、古吉拉特，他们照样忙碌。
　　　　劳动的号子、歌声
　　　　昼夜响彻时代的进程。
　　　　生活雄壮的交响乐曲
　　　　激荡着忧喜交集的朝夕。
　　　　　　他们在千万个
　　　　帝国的废墟上照样劳作。

---

① 昂格和羯陵伽是印度的两个古国。

我有一个中国名字

往事历历在目——
我生辰的洞房的净瓶里
盛着我采集的各国胜地的圣水。
我访问过中国,
以前不认识的东道主
在我前额的吉祥痣上写了
"你是我们的知音"。
陌生的面纱不知不觉垂落了,
心中出现永恒的人。
出乎意料的亲密
开启了欢乐的闸门。
我起了中国名字,
穿上中国服装。
我深深地体会到:
哪里有朋友,
哪里就有新生。
他送来生命的奇迹。
栽种外国花卉的花园里,
怒放着陌生的鲜花——
它们有外国名字,
它们的故土离这儿很远,
在灵魂的乐园,
它们的情谊受到热烈欢迎。

火花集(摘选)

一[①]

认不出你,亲爱的
你用陌生的语言蒙着面孔,
远远地望去,好似
一座云遮雾绕的秀峰。

二

压迫者的凯旋门
轰然倾圮,
儿童用废墟的瓦砾
建造一间游戏室

三

从黑夜的彼岸
朝阳携来庄严的梵音。
霞光的拥抱中,
苏醒了奇妙的清新。

---

① 本篇系泰戈尔在京剧艺术家梅兰芳的一柄纨扇上题写的诗。

四

流离失所的饥民遥望天际,
呼唤天帝。
哪个国家应答的天帝在黎民心间,
以威武、艰难、恐怖、悲惨的面目出现,
哪个国家消除贫穷,
走向繁荣。

五

像未熟的坚果,
处子,你的芳心
披裹的厚涩的羞怯,
妨碍你献身。

六

暮云将金粉
赠给夕阳,
苍白的微笑
留给初升的月亮。

七

云天的吻雨,
绿原转给花儿。

八

自己点燃灯烛
照亮
自己选择的道路!

九

一旦贡献
成为圆满的真实,
"美"的形象
便清楚地显示。

十

花儿藏在绿荫里
向南风倾吐芳思。

十一

我祭拜神灵的
无上价值,
在于不祭拜神灵
也不受惩治。

十二

蒺藜的数字
充盈嫉妒,
花儿呀,你

切莫点数。

十三

是哪颗陨星
坠入我的心房,
使我的心曲的泪泉
汩汩流淌?

十四

片时的情曲,
万年的回忆。

你创造的道路

呵,你这狡猾者,
你用奇怪的迷惑之网
覆盖你创造的道路。
你一双熟练的手
在朴素的生活里挖掘伪信的陷阱。
你把"虚伪"的印记烙在"崇高"上,
但你不曾为他留下诡秘之夜。
你的明星
昭示他心中的路——
永远透明的路,
纯真的信仰使之永远辉煌的路。
他表面上隐晦,内心是耿直的。
这是他的骄傲。
人们说他是苦恼的。
他用自己的光热
在心里濯洗他寻到的真理。
没有什么能将他欺骗。
他把最后的赞礼藏进自己的宝库。
他宽仁地容忍权术,
在你的手里
赢得永不磨灭的权利。

叙事诗

傍晚，王后、嫔妃
　　身着素雅的服装，
前去礼拜，敬献花篮，
金盘搁在石塔基座前，
上面放的金色灯盏，
　　亲手点亮。

婆 罗 门

树荫阴暗的萨罗萨迪河畔
垂落了橘红的夕阳,归返
幽静的道院,隐士的儿子们
头顶着在森林里砍拾的柴薪;
从牧场赶回的倦乏的黄牛,
眼神温和安详,常为祭火献油,
此时正踱入牛厩;晚浴完毕,
弟子们全坐在庐舍的庭院里,
簇拥着师尊乔达摩,全身辉映
着熊熊祭火。无垠空清的暮空
冥想着博大的安谧;像文静的弟子,
一簇簇端坐的繁星默默无语,
显现好奇神色。幽寂的庐舍
似乎有些惶惑,隐士乔达摩说:
"孩子们,你们要全神贯注听
我讲解《吠陀》。"

　　一位少年这时
双手捧着供养,走进庐舍的
庭院。他先赞颂水果花卉
环围的隐士的莲足,施礼虔诚,
然后以杜鹃般极为甜美的嗓音
说道:"师父,我渴望学习
《吠陀》典籍,特来拜您为师,
我来自库斯格罗,我的名字

叫沙笃迦姆。"
听了他自我介绍,面带微笑,
圣哲以亲切温和的语气说道:
"祝福你,美少年,你属于什么种姓?
孩子,《吠陀》典籍历来只有婆罗门
有权学习。"
　　少年语调缓慢地说:
"师父,我不知道我的种姓,让我
回家问我母亲,明天再来告诉您。"
说罢,沙笃迦姆恭敬地对隐士行
摸足大礼,沿着幽静的林中小路
远去。他涉水过了清澈、浅瘦、
宁静的罗萨迪河,走进河岸上
沉睡的村庄边母亲的草房。

　　屋里亮着油灯,
扶门伫立的查芭腊是他的母亲。
久久眺望儿子的归路,一见儿子,
忙搂在怀里,亲吻他柔软的发丝,
问寒问暖。萨笃迦姆开口就问:
"母亲,请告诉我父亲的姓名,
我生于哪个家族。我去拜乔达摩
为师,学习《吠陀》,师尊对我说,
'孩子,《吠陀》典籍只有婆罗门
有权研读'。我属什么种姓,母亲?"
听了他的话,母亲痛楚地低下头,
轻声说:"年轻时忍受贫困的痛苦,
当了多年女佣,有一天我得到了你,
你生在没有丈夫的查芭腊的怀里,
儿呀,我真不知道你的种姓。"

翌日，
净修林的枝梢上扩展着欣喜、
清新的曙光，每一位年轻弟子
仿佛是青岚浥湿的初升的红日，
放射着充盈泪水的德行的光芒，
晨浴甫毕，发髻潮湿，个个容光
焕发，精神抖擞，神态圣洁，
坐在一棵苍老的榕树下乔达摩
周围，树上的鸟儿呖呖啼唱，
蜜蜂嗡嗡歌吟，河水潺潺流淌，
与此同时，年轻的修道士以凝重、
甜美、富于青春活力的歌喉齐声
唱起《娑摩吠陀》的赞歌。

　　萨笃迦姆这时
走进来对乔达摩行跪拜大礼，
默默地睁大一双诚实的眼睛。
乔达摩为他祝福，接着询问：
"你属于什么种姓，英俊的孩子？"
"师父！"美少年抬头喊了一声，
"我仍不知道我的种姓，我问过
我的母亲，她说：'萨笃迦姆，
当了几年女仆，我才得到了你，
你生在没有丈夫的查芭腊的怀里，
我不知道你的种姓。'"
　　弟子们
耳闻此言，交头接耳窃窃议论，
像是蜂巢被土块击中，飞起一群
厉害的工蜂——先是惊慌万分，
但见了无耻的非雅利安人的高傲，
有的严厉谴责，有的刻薄地嘲笑。

圣哲乔达摩庄重地从座位上站起,
伸出双臂把萨笃迦姆搂在怀里,
说:"孩子,谁说你不是婆罗门!
你出生在一个讲真话的家庭,
再生种姓中最高贵的种姓
　　非你莫属!"

礼佛的宫女

　　国王频婆娑罗
对佛祖虔诚叩拜，求得
　　　他一小块脚趾甲。
脚趾甲埋在御花园，
他命令工匠在上面
建一座富于艺术情趣的
　　　雕刻精美的石塔。

傍晚，王后、嫔妃
　　身着素雅的服装，
前去礼拜，敬献花篮，
金盘搁在石塔基座前，
上面放的金色灯盏，
　　亲手点亮。

阿世王废黜父王，
　　篡位登基，
以滚滚血河从京城
涤洗父王的仁政，
点燃的熊熊烈火中
　　焚烧佛教典籍。

召集宫中的嫔妃宫女，
阿世王说：

"除了《吠陀》、国王、婆罗门，
不得膜拜世上的任何人，
这句话时刻牢记心中，
　　否则有杀身之祸。"

秋季一个白昼流逝——
　　宫女斯丽玛蒂
用圣水沐洗了胴体，
端着一盏灯，行至
后宫，垂眉俯视
　　太后的脚，默默无语。

太后吓得哆嗦，说：
　　"阿世王的话语
你难道没记在心上？
谁在石塔前敬献供养，
不是逐出王宫终生流放，
　　就是用利戟刺死！"

离开太后，她缓步走进
　　王后阿米达的寝宫。
一面金镜搁在面前，
王后梳编了长辫，
梳得笔直的分发线，
　　正用朱砂抹红。

抹弯了分发线上的朱砂，
　　见了宫女，两手发抖——
她慌忙劝阻："傻瓜，
祭拜佛塔，你真是胆大
包天！让人看见，只怕

　　　　是要大祸临头！"

夕阳的一抹金晖斜落
　　　在开启的窗前，
公主苏克腊独自在
专心致志地阅读史诗，
听见足镯声好生惊疑，
　　　朝门口瞟了一眼。

见是斯丽玛蒂，书扔在地上，
　　　快步走到她身旁，
悄悄在她耳畔说道：
"国王的命令谁人不晓！
谁像你这样心血来潮，
　　　径直奔向死亡？"

在一扇扇宫门前走过，
　　　斯丽玛蒂手捧祭盘，
"姐妹们！"她大声招呼，
"现在是礼拜佛陀的时候。"——
屋内有人对她诟骂诅咒，
　　　有人惊恐不安。

城楼上隐逝了白昼
　　　最后一抹霞光，
行人绝迹的街道沉浸于黑暗，
渐渐停息，市井的喧阗，
在王家古老的寺庙大殿，
　　　祭神的钟声当当敲响。

秋夜透明的幽暗中

闪烁着无数星斗。
丹墀前吹响法螺,
囚犯唱着黄昏的哀歌,
侍卫一声接一声吆喝:
　　　"御前会议——已经结束——"

这时王宫里的卫兵们
　　突然惊讶地看见——
杳无人影的御花园里,
石塔基座前一片漆黑,
黑暗中不知是谁点的
　　灯光烁烁闪闪。

卫兵们立刻拔出宝剑,
　　朝那儿飞奔而去——
问道:"神经病,你是谁?
在这儿点灯是想找死?"
传来轻柔的答话:"我是
　　斯丽玛蒂——佛陀的女婢。"

那天洁白的石阶上溅落
　　殷红的鲜血,
那天秋夜透明的幽暗中
御花园里一片寂静,
石塔前最后一盏灯
　　悲凉地熄灭。

幽　　会

　　一天夜里,
圣僧乌玻库勃多在
　　穆吐拉城边酣睡——
狂风吹灭了灯烛,
城内家家关闭了门户,
斯拉万月①天空的星斗
　　在浓云中消失。

突然,铃铎叮当的纤足
　　触碰了他的胸膛,
受惊的圣僧猛地苏醒,
梦中的美景一刹间消隐,
他温善美丽的一双眼睛
　　茫然于鲁莽的灯光。

痛饮青春美酒,城里这位
　　赴幽会的舞女晕晕乎乎。
身缠一条天蓝色纱丽,
步步摇响佩戴的首饰,
不小心踩了圣僧的身体,
　　巴莎波勃达忙收住脚步。

---

① 印历4月,公历7月至8月。

举起灯,她打量着这位
　　肌肤白皙的年轻人——
微笑洋溢在他英俊的脸庞,
两眼闪射着友善的光芒,
白净饱满的前额像月亮,
　　透现着温和的恬静。

秀眼满含羞赧,美女
　　以甜柔的声音说:
"年轻人,请多多原谅,
如肯赏光,跟我回闺房,
这泥地不是你睡觉的床,
　　太硬太凉,不宜卧躺。"

圣僧温和地说道:
　　"哦,娇美的姑娘,
眼下不是我去的时候,
你很富有,去你想去的华屋,
到了我该去的时候,
　　我自会登门拜访。"

说话间,风暴张开漆黑的
　　巨口,电光闪闪,
美女见了胆战心惊,
飓风吹响了毁灭的号角声,
空中的隆隆雷声似嘲弄
　　人的狞笑一般。

……

杰特拉月①的一个黄昏，
　　距那次夜遇还不到一年。
芬芳的晚风吹得人心醉，
路边的树枝缀满花蕾，
夜来香、素馨和茉莉
　　在御花园争奇斗妍。

风中传来远处不知是谁
　　吹奏的甜美笛声。
全城的男男女女
全在穆吐拉的树林里
欢度春节，只有微笑的
　　圆月静静地俯瞰着空城。

圣僧独自走在洒满
　　月辉的寂静的路上。
他头上树叶簇中的杜鹃
一次又一次地呖呖鸣啭。
莫非赴幽会，他今晚
　　来到了久违的地方？

信步出城，他来到
　　城外，手执禅杖。
护城河边他忽然站定——
影影绰绰的芒果树林，
浓荫中，一个女人
　　一动不动躺在他脚旁。

---

① 印历12月，公历3月至4月。

染上鼠疫,黑斑
　　布满她的全身。
城里人把皮肤发黑、
病入膏肓的她扔在
护城河边,没人理睬
　　肢体充盈毒液的女人。

圣僧坐下,把她僵硬的
　　头搂入自己的怀抱,
面对面诵念几句咒语,
往她干裂的嘴唇洒些清水,
在她的全身仔细地
　　抹了阴凉的白檀香膏。

花蕾凋落,杜鹃哀鸣,
　　夜阑迷离于月辉。
女人问:"好心人,哦,
你究竟是谁?"圣僧说:
"巴莎波勃达,今晚我
　　特地赶来和你相会。"

微小的损失

玛克月①凛冽的寒风
　吹皱清澈的帕鲁那河水。
城外宁静的村头迦昙波树
下面是石砌的古老河埠，
宫女们簇拥着的迦尸王后
　克璐娜下河沐浴。

清晨传达了圣旨，所以通往
　河埠的路上杳无人影。
附近几幢茅屋里的
农夫早已离去，沉寂
空旷的河滩，只有鸟儿
　在树林里寂寞地歌鸣。

今日呼啸的北风
　昂奋了汹涌的河水。
金色阳光洒满河面，
白浪涌动，河水潺潺
流淌，像舞女舞蹈蹁跹，
　罗裳缀有万千颗宝石。

佳丽们甜蜜的窃窃低语

---

① 印历10月，公历1月至2月。

羞煞了哗哗的水声。
藕样的玉臂划水的美姿,
看得活泼的水浪如疯似痴。
叫喊,哄闹,欢声笑语,
　　兴奋了俯瞰的天空。

沐浴完毕,娉秀的宫女
　　一个个走上河岸。
王后惊叫:"唷,冷得
要命,我全身直哆嗦,
喂,宫女,赶快生火,
　　让我抵冷御寒。"

宫女们遵命走进树林,
　　拾捡枯枝干草。
好奇的疯癫的佳丽
扯拉着拾起的树枝,
王后忽然面带笑意,
　　对她们喊道:

"喂,回来,你们看,
　　前面有几间茅舍,
你们快去给我点着,
让我暖一暖冰冷的手脚。"
说罢王后咯咯咯大笑,
　　陶醉于将临的游戏的快乐。

心地善良的马洛蒂急忙劝阻:
　　"王后,不可开这样的玩笑,
哪能随便把茅屋焚烧成灰!
茅屋究竟是哪一位僧人、隐士

或哪位穷人、外乡人建的,
　　王后,我们谁都不知道。"

王后恼怒地申斥:"把低廉的
　　菩萨心肠抛到脑后!"
青春美酒喝得人性冷硬,
怀着遏制不住的好奇心,
这群发了疯似的女人,
　　划火点烧了茅屋。

一团团浓烟膨胀着,
　　旋转着,驾风升腾,
转眼之间,噼噼剥剥,
耀眼的火星跃起溅落,
像是伸吐着万千条红舌,
　　烈火映红了天空。

仿佛是从地狱里遁钻
　　出来的烈焰的蟒蛇,
吐舞着信子,冲着蓝天,
咆哮狂歌,疯疯癫癫,
疯狂纵火的女人的耳边
　　弹奏燃烧的音乐。

晨鸟欢乐的歌声
　　在惊恐的哀号中消散——
一群乌鸦的哀鸣不绝,
刺骨的北风愈刮愈猛烈,
从一间茅舍到另一间茅舍,
　　凶猛的烈火迅速蔓延。

毁灭贪婪的巨舌
　　舔平了这座小村庄。
玛克月的这个早晨，
玩累了的宫女们陪同
手执莲花的王后回宫，
　　艳服辉映着鲜红的霞光。

这时金銮殿上端坐的
　　国王正在审理案件。
一群无家可归的农民
期期艾艾，诚惶诚恐，
颤抖着倾诉心中的悲痛，
　　匍匐在国王的足前。

从御座上站起，国王
　　通红的脸布满羞色。
提前步入王后的居室，
责问道："那是什么行为，
王后？烧毁穷人的房子，
　　符合哪条王法，你说！"

王后满不在乎地回答：
　　"陛下心目中那是住宅？
烧掉的不过是破房子，
老百姓能有多大损失？
王后一个时辰的娱乐往日
　　谁知道花费多少钱财！"

痛心疾首的国王竭力
　　按捺住迸发的愤怒：
"朕深知只要你还是

王后,无论如何不会
明白穷人蒙受多大损失,
　　朕要让你看清你的残酷!"

几名宫女奉旨进后宫,
　　摘除王后的玉佩金镯,
毫不留情地剥去
华贵鲜艳的纱丽,
让王后穿上女乞丐
　　才穿的灰褐色布服。

国王带她到街上下令:
　　"从此你挨家乞讨——
你一个时辰的嬉戏,
几幢茅屋焚烧成灰,
乞求布施吧,直到你
　　能把烧毁的茅屋重新建造。

朕给你一年时间,
　　之后允许你回归,
站在宫殿上,面对
众人,行跪拜大礼,
告诉他们,烧毁破房子
　　世界蒙受多大损失!"

争买莲花

阿克拉哈扬月①一天夜里,遭受寒露残酷的袭击,
　　娇艳的莲花纷纷凋落——
可是花匠苏达斯家的　树林旁的荷塘里,
　　奇迹般的开了莲花一朵。
摘了莲花进城出售,他站在王宫门口,
　　期望能见到国王。
这时一个行人看见　他手中的莲花如此鲜艳,
　　顿时觉得喜从天降,
忙问:"我想买下　这朵罕见的莲花,
　　你要多少钱?
佛陀释迦牟尼今日　率弟子来到这座城里,
　　这朵花我要献在他足前。"
"卖花我只想得到　一两金子。"花匠答道。
　　那人马上要给他黄金。
这时百官前呼后拥,携带敬佛的大量礼品,
　　国王突然驾临。
国王勃罗森吉德　吟唱着吉祥赞歌,
　　前去拜谒佛祖。
一见这朵莲花就说:"朕欲买这莲花,当做
　　送给佛陀的礼物。"
花匠说:"噢,万岁,这位老爷已同意
　　买花付黄金一两。"

---

① 印历 8 月,公历 11 月至 12 月。

"朕付十两金子。"国王当即提价十倍。
　"二十两!"那人无意相让。
两人争花:"给我!给我!"不愿认输让对方获得,
　价钱直线升攀。
花匠心想:"花卖给他们　为之激烈争吵的人,
　我定能有更多的钱。"
他双手合十对他们说:"请陛下、老爷原谅我,
　这花其实我不愿意卖。"
说罢,他大步流星　来到佛陀参禅入定、
　容光耀亮花木的所在。
佛陀端坐在莲花座上,神态圣洁、慈祥,
　满心恬静的喜悦,
目光中流泻宁谧,嘴唇闪现笑容的光辉,
　如同琼浆玉液。
目不转睛,苏达斯　对佛陀呆呆地凝视,
　许久一声不响,
突然,他俯伏在地,把莲花小心翼翼地
　放在佛陀的莲足上。
佛陀含笑微开善口,妙音有如甘露:
　"施主,你有何祈求?"
苏达斯激动不已:"佛爷,不要别的,恩赐
　你脚上的一些尘土。"

舍卫城的吉祥女神

饥荒折磨的舍卫城里,
饥民的哀号 惊天动地;
佛祖释迦牟尼 逐个问他的弟子:
"你们中间谁能
挑起赈灾的重任?"

名叫罗特那卡尔的商人
见佛陀焦急地询问,
低下头,双手合十:"偌大的城市,
消灭饥荒,世尊,
我确实力不从心。"

武士查亚森接着说:
"世尊的命令倘若
让弟子去执行,只要能够完成,
洒一腔热血在所不惜,
可我家中确无粮食。"

地主达姆帕尔一声长叹:
"唉,弟子时乖命蹇,
灾荒的魔鬼的巨口 吞噬黄金般农田的作物。
我无钱交纳赋税——
赈灾我委实无能为力。"

你看我我看你,
众人缄默无语。
沉寂笼罩着宝殿,佛陀慈悲的双眼
像哀痛的城市上空
乍现的明亮的晚星。

"给孤独长者"的女儿
沾了佛陀足上的尘粒,
这时缓缓站起,眼里噙着泪水,
满脸玫瑰似的羞色,
语调甜柔谦恭地说:

"比丘尼苏波莉娅不才,
愿遵奉佛祖的法旨,
那些忍饥挨饿的　悲泣的人是我的女儿,
我愿承担此重任,
赈济全城饥民。"

众人闻言万分惊异——
"一个比丘的女儿,
竟然如此骄傲,不自量力地要
担负这项艰巨的任务,
你说你有什么财物!"

她躬身对众人施礼:
"我只有这只钵盂,
我是贫寒的女子,不能与任何人相比,
为此希望大家祝福
我完成佛祖交给的任务。

"你们每个人的家中

有装满我仓廪里的物品。
你们都给予帮助,这钵盂有取之不竭的食物,
以乞得的食物救助世界——
消释所有饥民的饥饿。"

受辱的丈夫

虔诚苦修的迦比尔①名闻遐迩,
他茅屋外面聚集无数善男信女。
有人说:"请诵咒治愈我的疾病!"
不育的女人眼泪汪汪求他使她怀孕。
有人要求:"请在我们眼前展示神力!"
有人恳求:"请证实人世间确有天帝!"

迦比尔双手合十含泪对神明哀诉:
"哈里②大发慈悲让我生于恰奔③的茅屋。
我以为由于你无限仁慈,无人登门,
隐匿在苍生的视野后面只有我和神,
你似在欺骗我,你玩弄什么神秘的把戏?
你把世人引到我家里,自己却远走高飞。"

城里那些嫉恨的婆罗门大发雷霆:
"老百姓竟然摸织工脚上的灰尘!
这是十足的迦里时代,罪愆弥漫——
不采取有效措施,世界末日不可避免。"
于是他们暗地里收买一个堕落的女人,
对她面授机宜,几两黄金塞到她手中。

---

① 迦比尔是印度16世纪的宗教改革家,也是一位著名诗人。
② 哈里是保护大神毗湿奴的名称之一。
③ 非印度教徒家庭,迦比尔的父亲是穆斯林。

有一天迦比尔去赶集卖他织的几匹布,
一个女人突然当众揪住他,边骂边哭:
"呸,伪君子,心狠的骗子,我忍气吞声,
你就这样欺骗我这个心地善良的女人!
把无罪的我抛弃,你装扮成正人君子。
食不果腹衣不蔽体,我的皮肤已变黑。"

她四周聚集的婆罗门假装义愤填膺:
"以宗教的名义玷污宗教,虚伪的出家人!
你坐享供养,扬尘迷惑老实人的眼睛,
可这可怜的女人却沿路乞讨,孤苦伶仃。
迦比尔说:"我有罪,女人,跟我回去!
不会让你挨饿,只要我家里有一斤粮食。"

把堕落的女人带到家里,好生款待,
迦比尔说:"是哈里把你送进这破旧的住宅。"
听他这么说,她心中交织着惶恐、愧悔:
"我贪财犯下了罪孽,定被你诅咒而死。"
迦比尔说:"别怕,母亲,我不认为你犯罪,
那些侮辱、诋毁是你送给我的头饰。"

校正了她的心灵变态,使她翻然苏醒,
教她吟唱哈里的赞歌,以甜美的嗓音。
谣言四起:伪善的迦比尔假装圣人。
迦比尔闻悉垂首低语:"我生活在最下层,
我绝不保留超度的骄傲,若能登上彼岸,
我甘居下层,只要神明永踞我的上面。"

国王心生好奇,听了对迦比尔的赞歌。
他特派钦差召见,迦比尔摇了摇头说:

"我远离上等种姓,生活在贫苦之中,
像我这样的人怎配进入华丽的王宫!"
钦差说:"你若不去,我们有生命危险。
听说你名扬四海,陛下很想与你见一面。"

国王端坐在御座上,两旁是文武官员。
迦比尔走进宫殿,那女人跟在他后面。
百官有的耻笑有的皱眉有的低下了头。
国王暗想:"他怎么带来一个淫妇!"
侍卫在他暗示下立刻带圣哲走出王宫。
迦比尔返回他的茅屋,仍带着那女人。

那些婆罗门在路上边走边得意地狂笑,
以污言秽语肆无忌惮地对迦比尔讥嘲。
那时女人趴在迦比尔脚下,泪流满面,
说:"你为什么把我救出罪恶的泥潭?
为什么忍受污蔑收留我这个坏女人?"
迦比尔说:"女人,你是哈里的赠品。"

重获丈夫

傍晚,在恒河畔空旷的焚尸场,
　　杜尔希达斯
独自来回踱步,入迷地吟唱
　　他写的歌曲。
忽然,他看见一位姑娘坐在
　　亡夫的脚前,
她已下定决心纵入燃烧的火堆,
　　共赴黄泉。
她的女友们赞扬她不畏惧死神,
　　不时地欢叫,
站在她四周的祭司、婆罗门诵经
　　歌颂她的贞操。

抬头看见走到跟前的杜尔希,贞妇
　　急忙对他施礼,
恭敬地说:"世尊啊,请开善口,
　　对我表示赞许!"
杜尔希问:"仪式如此隆重,你这位母亲,
　　要去什么地方?"
贞妇回答:"丈夫去世,我下了决心
　　陪他去天堂。"
"贞女,为什么前往天堂,离弃凡世?"
　　尊者笑着问,
"哦,姑娘,这辽阔大地难道不属于

拥有天堂的人？"

女人听不懂他的话，满心疑惑，半晌，
　　怔视着他的脸，
双手合十说："重新得到丈夫，就让
　　天堂远在天边。"
杜尔希说："你马上起身，回家去，
　　这是我的吩咐。
你又将获得你的丈夫，从今天开始，
　　一个月之后。"
怀着迷茫的希望，离开了焚尸场，
　　贞妇回到家里。
漆黑的夜里，清醒的杜尔希在恒河旁
　　默默地沉思。

心灵纯洁的贞女待在清静的家中，
　　杜尔希每日
登门所作的教诲，专心致志，这女人
　　朝夕体味。
过了一个月，她家的门口，相约
　　而来的邻居
问她："找到了丈夫？"她笑着说：
　　"与他形影不离。"
他们急切地又问："快告诉我们，
　　他在哪个房间？"
女人回答："每时每刻我的夫君
　　在我的心殿。"

点 金 石

朱木拿河畔有片树林,萨那坦默颂着神明,
　　心诚意挚。
这时候一位衣衫褴褛的婆罗门上前
　　稽首施礼。
萨那坦问婆罗门:"请问尊姓大名,
　　来自何处?"
"一言难尽,跋山涉水,"婆罗门说,"今日得以
　　拜见师父。
我叫吉奔,祖宅位于波尔笃曼县的
　　曼卡尔镇。
时运不济,任何地方恐怕没有像我这样
　　贫苦的人。
继承些许土地家产,收入微薄,众乡亲面前
　　抬不起头。
过去我家的祭神仪式四乡闻名,如今心有余
　　而力不足。
为重振昔日的门风,我叩首向湿婆大神
　　祈求恩典。
有一天拂晓,湿婆在梦中对我说
　　我即将遂愿。
他说:'去朱木拿河畔,虔诚地向隐士萨那坦
　　行摸足礼,
把他当做父亲,发财致富的办法握在
　　他的手里。'"

隐士听他把话说完,静思片刻,感慨万端:
"我有什么?!
以前拥有的家产全部 抛在身后,如今只有
　　一只托钵。"
苦修者快速地搜索记忆,忽然失声叫道:"对,
　　有样东西。
有一天在河边散步时,我曾经拾到一块
　　点金石。
心想某一天或许 可当做馈赠,于是
　　埋在沙中。
哦,婆罗门,拿去吧！轻轻一碰,立马
　　消除贫穷。"

婆罗门三步并作两步 来到河边,从沙里挖出
　　点金石,
用它轻轻一碰,两只 铁的避邪锁立即
　　变成金子。
婆罗门大吃一惊,一屁股 坐在沙滩上,许久
　　陷入沉思。
朱木拿河波涌浪翻,在沉思者的耳边
　　潺潺低语。
朱木拿河对岸,血红、疲累的夕阳这时正
　　冉冉坠落。
婆罗门缓缓站起来,伏在隐士足前含着泪
　　喃喃地说:
"弟子愿洗心革面,垂首 倾听师父详细讲述
　　鄙视珍奇、
淡薄金钱的道理。"说着,他把那块点金石
　　扔进河里。

被俘的英雄

　　五河①之滨，
　　　束发的锡克人
　在师尊的号召下
　　　翻然苏醒，
　无所畏惧，勇敢坚定。
　"胜利，属于古鲁吉②！"
　千千万万锡克人的口号声
　　　响彻天空。
　初醒的锡克人
　　　深情凝望
　　　初升的太阳。

　　"阿罗克·尼让赞！"③
　雷鸣般的欢呼
　　　震断胆怯的锁链。
　腰间的宝剑
　　　欢快地铿锵地跳荡。
　"阿罗克·尼让赞！"的口号
　　　在旁遮普回响。

---

① 指旁遮普的苏特来吉、贝阿斯、季纳布、拉维和哲龙河。
② "古鲁"是师父的意思，"吉"指先生。
③ 锡克教徒的胜利欢呼声。

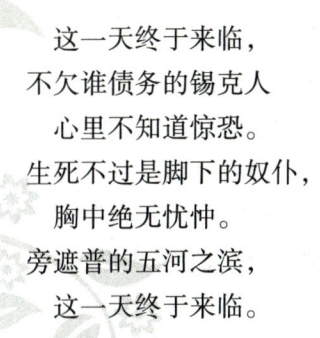

这一天终于来临,
不欠谁债务的锡克人
　心里不知道惊恐。
生死不过是脚下的奴仆,
　胸中绝无忧忡。
旁遮普的五河之滨,
　这一天终于来临。

德里的王宫里,
王子淡淡的睡意
　一次次飘逝。
是谁的欢呼震天动地,
　驱散了黑夜的沉寂?
是谁高擎的火炬
　映红了夜空的额际?

啊,五河之滨,
虔诚的教徒的血河
　在滚滚流动。
千万个胸膛被刺破,
　千万个灵魂
像鸟儿飞向各自的巢窠。
　啊,五河之滨,
英雄们把血红的吉祥痣
　点在祖国母亲的眉心。

死亡的怀中,
莫卧儿人与锡克人交锋,
　双双对对
掐住对方的喉咙,
如受伤的巨蟒和苍鹰

竭尽全力地拼命。
这天鏖战异常残酷。
　　锡克族的英雄
　　以雄浑的声音
高呼："胜利,属于古鲁吉!"
疯狂叫嚷"迪那,迪那"①的
　　是那些莫卧儿士兵。

库鲁达斯城堡的一场战斗,
　　潘达不幸成为
莫卧儿士兵的俘虏。
　　像一头雄狮
被坚硬的铁链束缚,
在德里的街上行走。
库鲁达斯城堡的一场战斗,
　　潘达不幸成为俘虏。

莫卧儿士兵走在前面,
　　扬起漫漫尘土,
枪尖上挑着割下的
　　锡克人的头颅。
七百名锡克俘虏走在后面,
　　脚镣哗啷啷响。
大街上行人断绝,
　　家家只开着小窗。
锡克人高呼："胜利,属于古鲁吉!"
　　对死亡毫无恐惧。
这天莫卧儿士兵、锡克人
　　扬起德里大街上的尘土。

---

① "迪那"是伊斯兰教徒战斗时喊的口号。

英雄们争抢着
　　站在第一排，
献出自己的生命，
　　悲壮慷慨。
在刽子手的刀下
　　俘虏高呼：
"胜利，属于古鲁吉！"
每天清晨，一百个英雄
　　献出一百个头颅。

杀害七百名俘虏
　　只用一星期。
末了，法官命人
　　带来潘达的儿子，
冷酷地下令：
　　"你把他杀死！"
孩子倚在父亲怀里，
稚嫩的孩子反绑着手臂，
　　他是潘达唯一的儿子。

　　默默无语，
潘达慢慢地把儿子
　　紧搂在怀里，
右手轻轻抚摸着
　　他的头顶，
俯身亲吻一下
　　他绛红的头巾，
然后从刀鞘拔出匕首，
　　动作极慢，
深情地望着儿子的脸蛋，

在他耳边轻声说:
"别怕,孩子,
喊一声'胜利属于古鲁吉'。"
　孩子清秀的脸上
　闪耀着勇敢的光芒,
仰望着父亲大声喊:
"我不怕,胜利,
　属于古鲁吉!"
喊声震撼了法院。

潘达左手挽着
　儿子的颈项,
右手持匕首猛地
　刺进他的胸膛。
"胜利,属于古鲁吉!"
孩子呼喊着缓缓倒地。
　法庭里一片死寂。
刽子手用烧红的铁箸
烫烂了潘达的皮肉,
　英雄屹立着死去,
　　不哼一声。
旁观者悲痛地闭上眼睛。
　法庭里一片死寂。

国王的审判

婆罗门禀报:"我的妻子睡在内屋,
一个窃贼半夜潜入,妄图奸污——
被我抓住,请大王明谕如何处罚。"
"砍头!"国王罗塔诺拉奥只说一句话。

钦差奔回宫殿启奏:"那个窃贼是王子,
婆罗门夜里抓住他,今晨已把他杀死。
我已把婆罗门抓获,请大王明谕如何处罚。"
"释放!"国王罗塔诺拉奥只说一句话。

洒红节

菩纳克国的王后从戈吐诺
　　寄给帕坦的格萨尔·汗一封信：
"阁下率兵征战已达到目的？
眼前百花盛开的春天即将归去，
拉兹普特的美女要欢度春天的节日，
　　来吧，带着你的帕坦士兵！"
战场上失利丢失了几座城池，
　　王后从戈吐诺寄出一封信。

格萨尔读着信哈哈大笑，
　　得意地捻着翘起的唇髭。
看中的彩色头巾仔细绕缠，
学女人眼皮上也抹了乌烟，
手拿一块香气溢散的手绢，
　　抚弄着胡须一次又一次。
王后要与帕坦共度洒红节，
　　格萨尔笑着捻他的唇髭。

法尔衮月，一阵阵南风
　　疯癫着吹拂巴库尔花林，
芒果树枝缀满洁白的花蕾，
蜜蜂顾不上听情人的喁语，
上下翩飞，一心一意采蜜，
　　花丛中萦绕着芳香的嗡鸣。

为欢度洒红节,一队队
　　帕坦士兵进入戈吐诺城。

那时戈吐诺城里的御花园
　　刚落下了苍茫的暮色。
帕坦士兵站在花苑里,
竹笛吹奏苏尔坦调的乐曲——
款款走来王后的一百名宫女,
　　拉兹普特的佳丽来欢度洒红节。
那时夕阳放射最后的红光,
　　御花园刚落下苍茫的暮色。

脚面上曳拂着裙裾,
　　披纱在南风中飘扬。
右手托着盛红粉的金盘,
喷红水的竹筒挂在腰间,
左手提着盛玫瑰香水的铜罐,
　　走来一群拉兹普特的姑娘。
脚面上曳拂着裙裾,
　　披纱在南风中飘扬。

眼角闪现狡猾的笑意,
　　格萨尔在女人面前说道:
"我冲锋陷阵,回回生还,
今日在这儿怕是要骨酥筋软。"
一百个宫女听他满嘴胡言,
　　突然爆发一阵狂笑。
歪斜着彩色头巾的格萨尔
　　对他们挥挥手,举止轻佻。

狂欢的洒红节拉开序幕,

扬洒的红粉染红了暮空。
洁白的素馨花颜色渐变,
红水浸湿花树下的地面,
鸟儿吓得忘记了鸣啭,
　　觳觫在女人的狂笑声中。
不知哪儿的一片红雾
　　蔓延开来染红了暮空。

为什么我的双眼不迷醉?
　　格萨尔·汗疑惑地暗想。
他们的乳胸为何不颤动,
女人脚腕上系的铜铃
似乎抖出极怪异的声音,
　　手镯为何不叮当作响?
为什么我的双眼不迷醉?
　　格萨尔·汗疑惑地暗想。

帕坦心里嘀咕:拉兹普特女人
　　全身没有令人销魂的婀娜。
双臂不像鲜藕似的白嫩,
难听的话音能羞煞雷鸣——
摇摆的肢体是那样僵硬,
　　仿佛沙漠里不结果的藤萝。
帕坦心里嘀咕:拉兹普特女人
　　全身没有令人销魂的婀娜。

竹笛以急促的节奏
　　吹响伊蒙、布巴里调乐曲。
耳垂上的珠串不住地晃动,
戴金镯的手腕是那么粗硬。
把盛红粉的金盒塞到宫女手中,

这时王后来到御花园里。
竹笛以急促的节奏
　　吹响伊蒙、布巴里调乐曲。

格萨尔说:"翘望你的来路,
　　几乎望瞎了我的双眼。"
"我也一样。"王后说。
一百个宫女笑得前仰后合。
击中帕坦的首领的前额,
　　王后猛掷的一只铜盘。
鲜血像泉水一样涌流,
　　格萨尔果真瞎了双眼。

与此同时锣鼓敲响,
　　仿佛晴天响起了霹雳。
惊愕了清朗暮空的月亮,
刀剑相碰,乒乒乓乓,
这时门口的唢呐吹响
　　雄壮的卡纳腊调乐曲。
御花园里的树底下,
　　敲响的锣鼓似霹雳。

风中飘飞了纱巾,
　　脱去了华丽的罗裳。
仿佛听了咒语,脱尽
女人的服饰,这群人——
包围帕坦的一百个英雄
　　像花丛中钻出的巨蟒。
梦似的飘飞了纱巾,
　　脱去了华丽的罗裳。

帕坦士兵未能沿着来时
　　走的那条路回去。
法尔衮月夜晚的花苑里，
兴奋的杜鹃咕咕地欢啼，
戈吐诺城的御花园里，
　　格萨尔的洒红节成为历史。
帕坦士兵未能沿着来时
　　走的那条路回去。

两 亩 地

我只有两亩地,其余的全抵了债。
老爷说:"乌本,告诉你,这两亩地我要买。"
我回道:"您是地主,您的土地一望无际。
您瞧瞧,我的土地,日后只够埋尸体。"
拉贾说:"你知道,我修了座花园,
添上你的两亩地,横直距离一样远,
土地好歹你得卖!"我当胸合十,
滴泪央求道:"请饶了穷人的根基,
祖祖辈辈的眼里,它珍贵胜过黄金,
我不是败家子,再穷不能卖母亲。"
深思片刻,拉贾瞪着血红的双眼,
末了冷笑说:"过几天,有你的好看。"

一个半月后,背井离乡,我动身上路——
典卖家产已偿还所有伪造的债务。
唉,世上脑满肠肥的都贪得无厌。
拉贾劫夺了我这个穷汉的田产。
我疑惑,天帝不允许我做美梦,
教我丢了地,命该四海去飘零。
我出家修行,身着道袍,云游天涯,
瞻仰各地的名川胜境、圣庙古刹。
陆地海洋城池僻乡,不管在哪里,
日日夜夜,总忘不了那两亩土地。
集市,旷野,转眼过去了十六年时光,

一天,终于萌生返回故土的强烈愿望。

顶礼,顶礼,顶礼,美丽的孟加拉母亲!
恒河之滨,清风吹拂,你生活颇安宁。
青天热吻你的纤足,平原无限辽阔,
浓密树荫掩映安谧、欢乐的小小村落。
芒果林郁郁葱葱,有牧童游戏的土房,
夜间恬静无底的池水幽黑、柔滑、清凉。
喜悦的少妇头顶水罐朝村舍走去——
唤一声母亲,热泪盈眶,百感交集。
走进我的村庄,两天后的正午,
路左有辆祭典的彩车,路右是陶工古玛尔的房屋。
穿过集市,南迪的粮垛,印度教庙宇,
末了回到魂牵梦萦的久别的故居。

呸!呸!一百次啐你,无耻的土地!
当母亲的岂能屈从豪门,依附权势!
如今难以想象你曾是贫苦的母亲,
水果、蔬菜,兜在你的粗布衣襟。
浓妆艳抹,此刻,你想娱悦何人?
云鬓簪花,身着印着绿叶的罗裙。
孤苦伶仃,为你归来,我满腹离愁,
魔鬼,你却悠游闲适,笑度春秋;
面目全非,受财主娇宠,扬扬得意,
浑身上下不存有昔日的一点儿印记。
过去你受人仰慕,因似解渴的甘露,
你媚笑、打扮,过去是女神,而今是女奴!

心如刀绞,步履蹒跚,我凄然环顾,
墙旁边兀自矗立着那棵芒果树。
噙泪在树底坐下,悲怆渐渐平息,

孩提时的情景一幕幕浮现在脑际；
六月的风暴之夜，整夜辗转反侧，
天色微明，起床去拣刮落的芒果；
惬意安静的中午，逃学四处闲游。
唉，那美好的生活何时再能享受。
突然起风，头上的树枝不住地摇晃，
两个熟透的芒果啪地落在我身旁。
我揣摩，也许是母亲认出了游子，
匍匐在地，叩首再三，我感谢恩赐。

这时来了个花匠，模样似阎王的使者，
提高了嗓门骂骂咧咧，大加呵责。
我争辩道："忍气吞声，我的一切已丧失，
你叫嚷什么，这两个芒果，我有权吃。"
他不认识我，扛着木棍走，掐着我脖颈，
老爷在钓鱼，周围簇拥着一群家丁，
听罢禀报，他发了话："给我揍死他！"
家丁比主人凶百倍，横眉竖眼地辱骂。
我极力分辩："老爷，这芒果是恩赐之物。"
老爷讥笑说："假充圣贤，你是个惯贼。"
听他这样说，眼里含泪花，心里暗思量：
"而今我是贼，他是道貌岸然的土皇上。"

无用的礼物

朱木那河水旋转着奔腾,
两岸矗立着危崖、险峰。
窄洞似的河道里,湍流
像疯子,咆哮,怒吼。

下垂着迂曲的清涧之瓣,
青山奔向蔚蓝的天边。
僵立,日夜又像在迈步——
运动被恒定的铁链捆缚。

娑罗树、棕榈树稀稀落落,
山峦用暗语呼唤着云朵。
无草的泥土龟裂,干硬,
淡黄的野花点缀着灌木丛。

大地正遣返白日的燠热——
斜长的阴影里伫立着陡坡。
无路,无人,阒然无声,
夕阳和平日一样西沉。

罗怙纳特抵达此地的时候,
锡克教师尊正诵念薄迦梵书。
罗怙纳特行触脚礼,说:"师父,
徒弟给您带来一份微薄的礼物。"

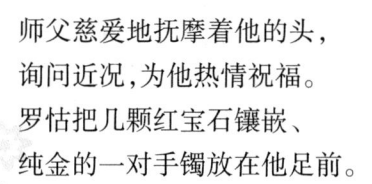

师父慈爱地抚摩着他的头,
询问近况,为他热情祝福。
罗怙把几颗红宝石镶嵌、
纯金的一对手镯放在他足前。

把地上的金手镯拾起,
师尊仔细地观赏,翻来覆去。
针尖般的宝石的棱角
一次次相碰,莹光闪耀。

师尊淡淡一笑,放在一旁,
目光又聚集在梵典之上。
一只金镯突然从岩石
落进朱木那河的流水。

啊呀,啊呀,惊叫两声,
罗怙伸着手跳进水中。
他的身心,他的专注,
化为一只手摸捞金镯。

师尊的头一次也没有抬起,
他心中涌溢诵经的欢愉。
碧水乜视着旋转着流淌,
深处仿佛充满偷窃的伎俩。

日光尾随着白昼归去,
一无所获,搅浑河水。
罗怙衣服湿透,疲惫不堪,
低着头空手回到师尊身边。

他双手合十:"可捞到金镯,
师父倘若指明垂落之处。"
把另一只金镯扔进河里,
师尊说:"就在那河底。"

歌　　词

天宇缀满星辰,宇宙充满生机,
它们中间我获得了一席之地,
惊奇中涌出我的歌曲。

自然歌词

惊奇中涌出我的歌曲

天宇缀满星辰,宇宙充满生机,
它们中间我获得了一席之地,
惊奇中涌出我的歌曲。
无限时光的涨潮落潮震颤着凡世,
吸引着我身躯里流淌的热血。
惊奇中涌出我的歌曲。

走在林间的小路上,踩着青草,
浓郁的花香中心儿惊喜心儿陶醉,
到处是令人兴奋的赠礼,
惊奇中涌出我的歌曲。
侧耳静听,驰目远望,
往大地怀里倾注活力,
"已知"中间我寻觅"未知",
惊奇中涌出我的歌曲。

清　泉

涓涓流淌,解渴的清泉,
穿破地壳坚硬残酷的阻拦!
涓涓流淌,澄澈的清泉,
冲出黏稠的昏暗!

朝阳伸手正在等你,
等你做他的游伴;
金色阳光引你高歌。
涓涓流淌,闪光的清泉!

焦急的晨风一直在寻你,
"来呀,来呀"不停地呼唤。
击掌应和那轻声柔语,
涓涓流淌,活泼的清泉!

沙漠这妖魔用何法术,
以沙砾之链将你紧缠?
无羁的奔流冲垮囚室,
涓涓流淌,坚强的清泉!

诵念哪条咒语

你是谁,用黑色面纱蒙着脸,
孤零零站在我的庭院?
　　夜幕四合,彤云遮蔽星星,
　　暴雨倾泻在河水中。
狂风中,黑棕榈树痛苦地呻唤。

不知道诵念哪条咒语,
　　才写得出送入我心中的你的旨意。
　　　　我决意上路,挣脱凡世缧绁——
　　　　枉然哭泣哭不退漫漫黑夜。
排除千难万险,我奋往直前。

哦,迦摩维罗

乌云遮蔽了眼圈黛青的天空,
　　哦,迦摩维罗①!
森林女神浑身哆嗦,胆战心惊,
足踝上绕着响铃般的蛩鸣。
　　哦,迦摩维罗!
雨曲应和着云吼的旋律,
金色花沉醉于娱乐的濛濛烟雨,
你祭典的庙宇里流荡着欢喜。
　　哦,迦摩维罗!
火焰榻上僵卧着干渴、滚烫的大地,
你向他传递上天普降甘霖的信息。
泥土的坚甲坼裂,重又松软,
叶芽的胜利旗帜四野插遍,
受缚的土地砸碎旱魃的锁链。
　　哦,迦摩维罗!

---

①　湿婆神的称号之一。

雨　季

雨季,霹雳的宝珠编就你的桂冠。
你翁郁丰满的胸口缀着灼灼闪电。
你喃喃地诵念咒语,
岩石溶化,庄稼成熟;
你脚前放着荒漠呈献的花篮。

你盛大的典礼上云鼓隆隆敲击,
枯枝败叶簌簌吸吮甘甜的雨丝。
你洒落的绿色甘霖,
给焦干的土地以生命。
但不要倾倒死亡的可怕暴雨。

流云的游伴

我的神思是流云的游伴,
飞呀飞呀飞向遥远的地平线。
无垠的天空奏响动听的雨曲,
淅淅沥沥淅淅沥沥淅淅沥沥。
大鹏扶摇直上驮着我的神思飞翔,
不时辉映划破天幕的一道道闪电。
肆虐的风暴得意忘形摇响足镯,
哗啦哗啦水流湍急的江河
回应着毁灭大神的呼唤。
从东海袭来的飓风
掀起江中咆哮翻腾的狂涛巨澜。
我的神思随疯狂的急流奔驰,
闯入一片棕榈林,
惹得枝叶不快地晃颤。

扎了一束芦花

我们扎了一束芦花,我们编了素馨花环,
我们用新熟的稻穗装饰敬献的花篮。
　来吧,秋天的女神,乘坐白云之车,
　来吧,在洁净的蓝色天衢上辚辚驰过,
来吧,跨越雨水濯绿、阳光照耀的森林、山峦。
来吧,头戴清露滋润的白莲花装饰的花冠。

丰盈的恒河边,幽静的树林里,
用飘落的马拉蒂花制作了你的花椅,
　在你的纤足前,回归的仙鹤张开白翼。
　弹奏你的金琴,让弦儿铮铮流泻出优美的乐曲,
融和笑声的乐音溶于瞬息的泪水。
你的鬓角上的宝石闪烁金辉,
　请用仁慈的纤手抚摩一下心灵——
于是忧愁闪射金光,黑暗变为阳光灿烂。

你 来 了

你来了,迷醉着我的眼睛。
敞开心扉,什么东西我看得清?
朝阳辉映的双足
踩着希乌里花树
周围的落花和露珠
濡湿的萋萋芳草,
你来了,迷醉着我的眼睛。

林径上拖曳着你的光影之裙,
花儿在心里喃喃低语,仰望着你的面孔。
我们恭敬地迎迓你,
请把你的面纱揭去,
用你的双手慢慢地
解开云雾之袍。
你来了,迷醉着我的眼睛。

森林女神的门口能听见雄浑的法螺声。
长空之琴弹奏仙乐,对你表示欢迎。
何处的金足镯叮当作响?
是不是在我的心房?
将溶解冷酷的琼浆
注入一切工作和思索——
你来了,迷醉着我的眼睛。

发了酒疯

哪个斯拉万月发了酒疯,
闯进阿斯温月①的后园?
哼着黑沉沉飓风的小调,
跌跌撞撞,步履蹒跚。
凄凉、哀绝的浓荫的舞曲,
令一片片农田惊恐战栗;
秋阳的金色黯然消失。
它对丰饶的稻田一声呵斥,
新熟的水稻间站起卧倒的哭泣,
浓云下忐忑的长空如惊飞的迦鲁尔②。
迷途的旅人啊,
你给大地带来旅程的悲戚。

---

① 印历6月,公历9月至10月。
② 印度神话中保护神毗湿努的坐骑。

冬 夜

冬夜,雾以无形的厚纱
把无数天灯遮覆。
千家万户听见呼唤:
"像欢度灯节那样点亮灯烛!
用光华装饰人间!"
花园里花木萧瑟,
杜鹃停止歌唱,
河边的芦花飘落。
哦,快点燃灯光,
驱翦阴沉的夜色,
高唱爝火的凯歌!
巡行的神明临空俯瞰。
醒来吧,凡世的儿女,
以光明战胜黑暗!

芒果花蕾

花蕾,花蕾,
芒果树洁白的花蕾,
你的心这般颓唐,
甘愿垂落枯萎?
我的歌云游四方,
融和着你的芳菲。

你茂密的枝叶间,
圆月倾洒的银辉
饱含你的芳香。
南风狂放,不循陈规,
为延续你的生命,
吹开了你的心扉。

心　林

南风吹拂,
我的心林里奇葩竞相绽放。
我急切的目光
乘蜂翼飞翔。
谁把深色油彩
涂在我玄妙的梦花上?
我的诗思
与新芽的娇颤碰撞。
春月悬天的迷人夜晚,
我的小舟不眠地歌唱;
在醉人的"幽香"的清波中
漫无目的地飘荡。

春天的对话

"早晨开的白素馨,傍晚开的楂梅莉①,
我是迷路的旅人,你们认识不认识?"
"认识你呀,乍到的旅人,
树梢上挂着你蛾黄的新衣。
早春黎明你喜气洋洋,
暮春黄昏你别绪依依。
我俩曾在你走过的路上嬉戏。"

"林径上徜徉弹琴时,
谁呼唤我这位弃家的疯子,
声调充满怜惜?"
"是我芒果花呀,呼唤心绪不佳的你,
会见你之前,你的梦幻已渗进我眼里,
勾起我幸福的遐想。
不见面也发誓委身于你。"

"我跨上落花之舆,谁肯做我的旅伴?"
"我是摩陀毗,我愿意。——"
"枯叶飘零,辞别之笛呜咽,
谁肯与我并辔齐驱?"
"呵,伤心人,
让我夹竹桃与你患难共济。"

---

① 楂梅莉与本篇中的摩陀毗是属茉莉科的两种花。

"悠扬隽永的春曲中,
离愁忽儿沉没,忽儿浮起。
我脸上的笑容沾着斑斑泪迹。"

啊,温暖的南风

啊,温暖的南风,你姗姗而来,
伸手摇一摇春天的摇篮,
以充满新叶的兴奋的手
上上下下把我全身摸遍。
我是路边焦急的竹篁,
忽然听见了你的脚步声。
啊,来吧,在我瘦枝枯叶中间,
卷起生命之歌的波澜。

啊,温暖的南风,你姗姗而来,
轻盈的南风啊,小路两边是我的宅园,
繁忙的南风啊,我知道你来去匆匆,
我能听懂你步履的语言。
多情的南风啊,受到你宠爱的抚摸,
我全身禁不住瑟瑟喜颤。
啊,俯耳对我说一句话,
让我忘掉所有的忧烦。

热情的春风

热情的春风啊,你慢慢地吹!
你听子夜吹奏的笛音——安静,请安静!
　　我是心情有些紧张
　　独自为你守夜的灯光,
请在我耳边倾吐你的一片心声!

森林的希冀、远方的故事,
全存放在我的宅邸!
　　黎明时分我对
　　晓星表露的心迹,
请不动声色收藏在你的耳中!

雾天的吉祥天女

雾天的吉祥天女,
你为什么把眼睛捂住?——
你那凉爽的素纱
涂上了厚厚的浓雾。
雾霭中你高擎的晚灯没精打采,
你唱的谣曲罩着哀婉的雾气。
秋野的口袋,
装满你金黄的稻子。
八位方向女神的寝宫里,
高垒着你的赠礼。
你为什么把交椅置于赠品后面,
想方设法隐藏自己?

杂歌词

梦宫的钥匙

隐闻梦中声声低唤,惊醒联翩遐思,
什么时候谁能找到梦宫的钥匙?
　不为游览楼台亭阁,
　不为希图获得什么,
也绝无不合适的希冀——
天地间梦宫的钥匙恐已遗失。

"一无所获"的花朵开在"索取"的心田,
迷惘的芳香充斥云天。
　歌里我寻访的人
　莫非已经潜进
深不可测的心底,
盗走了梦宫的钥匙?

圣蒂尼克坦[①]

最亲的是我们的圣蒂尼克坦。
　我们的颗颗心脏跳动
　在它天一样广阔的胸中。
我们每天看到它展露新颜。

树冠下聚会,原野上游玩。
　早晚蓝天关切地俯视,
　娑罗树荫弹唱着林曲,
快乐的阿摩拉吉树舞蹈翩翩。

不管走到哪儿,不管离它多远,
　它的颂歌在心琴爱弦上回荡,
　它联结我们的心用一个乐章,
它给予我们亲兄弟般的赤诚肝胆。

---

① 本篇系泰戈尔创办的国际大学校歌。

欢乐的海洋

今日奔腾的大潮来自欢乐的海洋。
大家坐稳拿起桨,一声令下齐划桨。
　　装载各种货物,
　　我驾驶痛苦之舟,
　　在惊涛骇浪中前进,
　　坦然面对死亡。
今日奔腾的大潮来自欢乐的海洋。

　　谁在厉声叫嚷?谁想当绊脚石?
　　今日谁在宣扬恐惧?危险,大家都已熟悉。
　　　什么诅咒什么煞星
　　　能把我们挡在海滨?
　　　拉紧系帆的绳索,
　　　我们高歌远航。
今日奔腾的大潮来自欢乐的海洋。

蝴　　蝶

蝴蝶,谁偷窃夕阳的彩笔
将你点化,以空灵的绮思?
　煦风胸上建起"情趣"的新居,
　　邈远的林莽里你传播它的细语。
谁收集仙娥系秋千的花绳的浓香,
抹在你的翅膀上?

　骚人癫狂,销毁笔耕的果实,
　　虚无中溶尽字迹隽秀的巨制。
　　　雅曲谱成一眨眼佚散,
　　　　他们放歌西去,神态悠然。
那失踪的音符旋舞如疯似狂,
纷纷落在你的纤翼上。

萤 火 虫

黄昏幢幢树影里把"生意"倾泼，
萤火虫，你一闪一闪飞得多快乐。
　　你不是丽日，不是明月，
　　为此你从来不缺少喜悦。
你以幽幽萤光充实自己的生活。

你的光华体内孕育，
　　你不是哪个人的债户。
　　尊奉心灵之神的指令——
你克服黑暗的阻挠，
小如红豆而不渺小。
　　你与世上喜爱光明的人亲近。

晚　　灯

我是晚灯的火光，
把加冕的吉祥痣点在"幽黑"的额上。
　我的光蹑入它的梦境，
　　唤出蛰居的欢欣。
我初恋的羞红长存在它的心房。

我的庆典冷冷清清，
宿鸟夜啼亢奋不了暗空的迷蒙。
　当旭日起身，脚步迈开，
　　山林川泽从梦中醒来，
我融进它瞬息的晨景。

祝 福

宇宙之主啊,
给予燕侣莺俦永久的保护!
在他们怯生生的对视上
降下天国的仙露!
在他们羞红的称谓里
融入谆谆的嘱咐!
在红烛的柔光里
显现你真切的面目!
提醒他们万不可
沾染世俗的污垢!
祝福他们恩爱的常春藤上
胶合的两心开放鲜丽的花朵!

祭礼歌词

赞歌之河

你静立在我的对岸，
乐音缠绕你的双足，我看不见你的脸。
你静立在我赞歌之河的对岸。
风儿习习吹拂，船儿别泊在岸边，
来吧来吧，荡桨驰入我的心田。

你静立在我赞歌之河的对岸。
赞歌与你一直在远处做着游戏，
每时每刻竹笛吹出深深的哀怨。
哪天你自己走来吹奏我的笛子，
在充满欢乐的静夜的幽暗中间，
你静立在我赞歌之河的对岸。

你的圣琴弹出璀璨的繁星

天帝,黑沉沉的远空,
　你的仙琴弹出
　璀璨的繁星。
让你的仙琴也在我的
　心中弹出
　深婉的乐音!

那时,崭新的创造在
　幽暗的心田
　光荣地显露。
那时,一缕缕霞光
　在心空
　无限扩布。

那时,呵,大诗人,
　你美的形象
　在我身上现映——
那时,没有惊异的界限,
　那荣誉再
　不会藏隐。

那时,新生活之上
　冉冉降落

你爽朗的笑声。
那时,浴于你欢乐的甘露,
　　千秋万代,
　　我无上光荣。

诗歌卷

心曲的浓稠夜色里

我难以言状的心曲的浓稠夜色里,
　　你的情思是一颗闪光的星。
看不见的流香环绕着
　　幽深心境的林荫。
听不见的芦笛在心殿吹奏,
　　流不出的眼泪蕴涵着苦情。

我时时不由自主地
　　赠给你我谱写的一首首歌。
心灵的花篮插满嬉游的花卉,
　　不知几时你摘折几朵。
你以无形的光华推开心扉,
　　别离前将生命的抚摩留于我的笔耕。

卷起游乐的波浪

让我的心在你亲手做的秋千上晃荡!
别人的闲言碎语,让我彻底遗忘!
　　他们抨击的绳索
　　死死地捆住了我,
以你吹出的悠扬笛音为我松绑!

　　记得多少个白昼夜晚
　　你是我亲密的游伴。
　　　让我像以前那样
　　　伫立在你的身旁,
在我的心湖卷起游乐的波浪!

欢乐浸透幽香

你满天的繁星今日
　　在我的心空闪射光辉。
　　啊,你的世界狂奔,
　　在我中间碎成齑粉。
我全身绽放你仙苑的花蕾。

　　啊,四面八方,
　　欢乐浸透幽香,
云集我的心田,在你的圣殿洋溢。
　　啊,我不再认识任何人,
　　我听不见谁说话的声音。
我胸中一管情笛吹出宇宙的气息。

你是最珍贵的财富

哦,我亲爱的主,你是最珍贵的财富。
哦,你是我的永恒生命,世代伴我行路。
　你是我永不满足的满足,
　你是我受束缚的自由,
哦,你是我的生死,是我极度的欢乐、痛苦。

哦,你是我一切归宿中最理想的归宿。
哦,你是永恒爱情的天堂里我至尊的主。
　哦,你属于我属于民众,
　哦,你周游世界周游心灵——
你无穷的游戏以常新的形式显露。

赐　给

我唱你的歌曲，
　　赐给我坚韧的弦琴。
我恭听你的教诲，
　　赐给我不朽的经文。
我侍奉在你身旁，
　　赐给我无穷的力量。
我瞻仰你的圣容，
　　赐给我难撼的虔诚。
我承受你的打击，
　　赐给我充沛的耐心。
我高举你的旗子，
　　赐给我不晃的坚定。
我担起整个世界，
　　赐给我旺健的生命。
我甘愿一贫如洗，
　　赐给我爱的珍品。
我追随你前进，
　　赐给我助手的地位。
我与你一起战斗，
　　赐给我克敌的武器。
我在你的真理中苏醒，
　　对我大声呼唤。
我挣脱享乐的奴役，
　　赐给我广博的德善。

我被包围

唉,我被财富、人群包围,
可你知道,心儿期盼着你。
　　生命的主宰啊,在心中
　　审视我的主熟悉我的脾性——
　　欢乐痛苦全已忘记,
　　你知道心儿期盼着你。

割舍不了的是傲岸,
头顶着走路,疲惫不堪,
唉,一朝摈弃轻松无比,
　　你知道心儿期盼着你。
哪一天你亲手把
属于我的一切收下,
一无所有我与你永世相随。
　　我的灵魂期盼着你。

我的一生是你的履历

我的一生是你的履历，
我的献生是你的胜利。
我的愁绪是百瓣红莲，
此刻将你的双足围环。
我的欢快是晶莹珠玑，
点缀你的王冠。

我的爱情饱含你的情义，
我的牺牲是你的胜利。
我的忍耐是你的大路，
穿过林莽，越过峻岭。
我的勇武是你的战车，
你的大旗在车上飘动。

仍有风光无限

有灼人的离别之火,有死亡,有苦难。
可仍有安谧,仍有快乐,仍有风光无限;
　仍有生命的狂波巨涛,
　仍有日月星辰的欢笑。
春天年年哼着小调步入花园。

波涛落下又涌起,
　百花凋谢又盛开。
　没有捐耗没有终结,
　凡世没有啊绝对也没有亏缺。
"完满"足前的一席之地是灵魂的企盼。

苏 醒 吧

苏醒吧，在黑夜的彼岸，纯洁的眼睛睁开！
苏醒吧，在内心世界，获得自由的权力！
苏醒吧，在虔诚的圣地，闻着祭祀的花香！
苏醒吧，展示蓬勃的生命，敞开宽广的胸膛！
苏醒吧，跳起欢快的舞蹈，在琼浆的海边！
苏醒吧，在利益的末端，爱情圣殿的门前！

苏醒吧，培养辉煌的品德，树立坚定的信念！
苏醒吧，在完美的臂弯里，在无限的空间！
苏醒吧，在无畏的天国，身着斗士的甲胄！
苏醒吧，以梵天的名义，为民众造福！
苏醒吧，崎岖路上的远征者，拥抱奔来的艰险！
苏醒吧，在利益的末端，爱情圣殿的门前！

结　　局

啊,我知道黎明时分你的仁慈之舟
　　将载我前往人世的海边。
我不惧怕,我高唱你胜利的赞歌,
　　站在你永恒的门前。
啊,我知道你世代以你的臂膀
　　将我环围在你无限的世界——
你给我生命,带我从光明走向光明,
　　从生活走向新的生活。
啊,大神,我知道善恶把我的心
　　袒露在你的眼前——
你日夜拉着我的手,让我领略
　　坦途、歧途上的悲欢。
啊,我知道我的人生不会不结果,
　　你不会把它扔进可怕的毁灭的海里——
未来的一天,你慈爱地把它
　　像鲜花一样高高举起。

情歌歌词

把倩影投入我的瞳仁

把倩影投入我的瞳仁，
　你踽踽归去的时候，
可曾隐隐约约听见
　我心弦弹出的爱慕？
如同阳光摄取花瓣的清露，
你愿意带走我的心曲？
我落寞的心欲冲出躯体，
　与天下的有情人朝夕相处。
似嫩叶对朝晖低语
　我把我的心声对你倾吐。

让我思恋的姑娘

你唤醒我是要我为你唱歌,
　哦,击碎我酣眠的姑娘!
你大叫一声,我的心一阵哆嗦。
　哦,顽皮的姑娘!

暮色降临,鸟儿归巢,
　一只只货船泊在码头上。
只有我的心,你不准憩息,
　哦,折磨人的姑娘!

　你从来不许我创作中
　泪水之河停止流动。
你的触摸把幸福的琼浆
　注满我的心房。
　不知何时你悄然离去——
也许你站在我痛苦的背后,
　哦,让我思恋的姑娘!

表露我的心迹

昨夜成功构思了情歌的时候,
　　你偏偏不在我身边。

我本来想告诉你,
我的生活泡在无声的泪水里。
这句话在乐曲之火中烧毁,
　　在一个昏暗的瞬间。
　　那时你不在我身边。

　　我想今日清晨务必
　　对你表露我的心迹。
浓郁的花香随风荡漾,
晨鸟的鸣啭在空中回荡。
　　使出浑身解数,
　　乐曲诉说不了我的心愿。
　　当你坐在我身边。

阔别多年的恋歌

阔别多年的恋歌回到我的身旁，
我问他：你一直乘哪阵风游逛？
　　你在哪儿采集
失落了一切的落花的芳菲？
用哪种乐曲激活沮丧者的希望？

你的曲调中有流浪汉的驿馆，
你为别绪未尽的情人送去团圆的语言——
　　干涸了的眼泪
在你的旋律中啜泣。
你是被遗忘的岁月的轻舟，
满载美梦飞往高渺的穹苍。

充满苦恋的一颗心

你要用我的生命做什么游戏?
　　啊,心上人?
岁月之河中漂来的我的心触贴你的纤足,
　　捞起来观审!
它不是漂来的一团水草不是鲜花、水果。
　　记住啊记住,
　　这是充满苦恋的一颗心!

没人知道为什么它来而复去。
是什么力量缩短着有情人的距离?
　　你扔弃,他立刻泯灭。
　　你收留,他万世永存。

我心田永久的春天

你的芳心是天国的琪花花环,
你是我心田永久的春天。
　碧空欲俯首吻你,
　　你足下的旷野乐不可支,
悠悠牧歌萦绕你的裙衫。

芳菲兴奋,月光灿灿,
你步态优雅,风姿令人艳羡。
　泪泉漫过我的心房,
　　汩汩向你流淌。
请接受我发自肺腑的芬芳礼赞。

把我变作一把琴

把我变作一把琴
　勾魂的手指把弦丝弹拨。
白莲样的素手触摸我的心,
　我的心作为音符,飘入你的鼓膜。

快乐、苦恼,在你面前落泪,
　被人忘却,在你脚边静卧。
不为人知的新曲升向太虚,
　福音重归永恒的心窝。

爱要审慎

爱要审慎,心上人,
我的姓氏
写在你芳心的殿堂。
有支歌在我胸怀缭绕,
把它的韵律
和谐你足镯的叮当。

我的鸣禽,
满怀怜惜
收养在你的御花园。
切记,心上人,
你的金镯
连着我臂上的圣线。

我枝头上的一朵花,
任你随时采折,
插在你的云鬓。
回忆的上等朱砂,
我手沾些许
点在你的眉心。

我心灵梦幻的馥郁,
你尽管一再
掺入你柔肢的香气。

我盼望的生死，
容你揉碎收藏，
与你罕有的矜持合二为一。

那段往事

蔚蓝的海边树木葱茏,信步走去,
与一位绝代佳人邂逅相遇。
　那段往事永不消泯,
　　长存于世界甜柔的情趣之中。
我教会我的琴丝重温那段往事,
以歌声展示永世熟悉的倩姿。

那段往事由袅袅乐曲
散布在身后美梦的作物的种子里。
　它在蜜蜂的嗡鸣里卷起香澜,
　它随清风轻盈地越过花坛,
它融入斯拉万月倾落的阵雨,
　它踩一片祥云畅游天堂琼阁,
　可用回忆的痛苦的颜料描画它的轮廓。
情曲、恋曲、怨曲、喜曲里,
我常常突然发现它踪迹。

美不可喻的姑娘

呵,美不可喻的姑娘,
见了你我若心旌晃摇,请你原谅!
　春雨初降的时日,
　泛绿的林木快乐不已
巴库尔花香沁人心脾,
乍开的迦昙波花①在香气中陶醉。

呵,美不可喻的姑娘,
我双目若冒犯娇颜,请你原谅!
　你看濛溟的云天,
　一道道明亮的闪电
迅快好奇地对你的帘栊窥视。
粗野的狂风钻进了你的卧室。

呵,美不可喻的姑娘,
我的歌若摄你的芳魂,请你原谅!
　今日细雨霏霏,
　水浪轻抚着河湄。
枝条的新叶飒飒地歌唱,
湿风演奏着雨曲的乐章。

呵,美不可喻的姑娘,

---

① 又译金色花,花瓣呈淡黄色。——译者注

我的举动如若过火,请你原谅!
　　白昼消逝的村里,
　　人人悠闲歇憩。
牛羊归厩,阡陌上行人断绝,
湿润清凉的暮色淹没了世界。

呵,美不可喻的姑娘,
见了你我若心旌晃摇,请你原谅!
　　雨帘的黑影中,
　　你乌亮的眼睛在闪动。
你浓黑的发髻绕着茉莉花串,
新雨似花瓣贴在你的眉间。

你不知道

你不知道
你的柔情斟满了我的生命之杯。
你不知道
它的价值。
它像一朵晚香玉
把幽香散布于静夜的梦乡。
你不知道
你唱的歌全存在我心窝。
不知不觉
又是分别的时刻,
抬起吧,抬起你喜悦的脸,
你的足前
我奉献一颗交织着甜美的别绪的心。
你不知道
你隐痛的凄凉的夜色已经退尽。

她会来的

今日黄昏，
默默计算着空中雨湿的她的足音，
心儿喃喃自语：
"她会来的。"
胸中涌起一阵激动，
双眼涌满泪水。

狂风中她的裙裾散播
悠远的轻柔的摩挲。
晚香玉的幽香中心儿喃喃自语：
"她会来的。"
素馨花的柔枝焦急不安，
芬芳的心里话诉说不完。
树林里的花草窃窃低语，
仿佛得到了什么消息。
方向女神胸前的花饰微微战栗，
心儿喃喃自语：
"她会来的。"

肢体似吹响的情笛

白天黑夜的交替,我的心儿拒不承认。
回首往事,胸中怎能不洋溢激情?
记起什么,双眼骤然热泪滚滚?
　　哦,我的情人!
琼浆般的话语,令人酥软的摩挲,
使肢体似吹响的情笛。
听着听着,神荡心迷——
　　不知是何原因。

哦,风中传来谁的絮语,
天幕上谁的身影在显隐。
哦,林木的飒飒声、河流的潺潺声,
　　多像悦耳的乐音。
知己般的馥郁花香萦绕着脖子——
我幸福的亢奋,我的痛楚我的心语,
　　谁的足前双手敬奉?

你赶快来吧

像梦走出酣睡的深宅，
　　你起身来吧！
像神鸟巨翅拍燃烈火，
　　你赶快来吧！
像东北天际闪电刹那间
　　冲破黑云的包围，
你赶快来吧！令人
　　吃惊地跨进我的心扉。

像在暮霭无声的暗示下，
　　猎户座在夜空闪现，
你赶快来吧！如同
　　在远方的皑皑雪山，
修行的维沙克月①默念咒语，
　　烈日下坚厚的冰川融化崩塌，
山洪冲出狭谷，
　　你赶快来吧！

---

①　印历1月，公历4月至5月。

化为午夜的阵雨

化为午夜的阵雨,
来吧,我梦境里迷路的姑娘!
你是黑暗中的奇珍,
来吧,轻抚我的心灵!
这时候我不需要明星不需要太阳。

其他人全沉入酣睡,
窃取吧窃取我的睡意!
来吧,化为一支优美的乐曲,
悄悄飘进我的卧室,
对我潸然落泪作出必要的反响。

绕身的乐音

你独自观瞻的肖像
　是我画的,蘸着春色,
盘绕云鬓的花串上
　倾慕的蜜蜂唱着赞歌。

不远处是陡峭的堤岸,
　倦瘦的河水缓缓流去。
你飘拂的长裙上面
　洞箫的孤影瑟瑟战栗。

你迷惘、清亮的眼眸
　远眺着茂密的丛林,
那里成双作对的蝴蝶
　传播着联姻的花粉。

热风中松乏的新叶、
　圆形的金色花朵,
热烈赞颂,交口不绝,
　在你足前纷纷垂落。

码头上柽柳晃动不止,
　枝头上喜鹊唱得多欢快,
青空透过密叶的缝隙
　向你投去变幻的色彩。

可曾看见路上远去的人
携带着洞箫的忧郁？
身后抛下的袅袅余音
围绕你徘徊、低泣。

我心里究竟有什么

我知道你无所不知,
　　那你看看我心里究竟有什么。
我试图隐藏的一切
　　全被你的目光擒获。
　　怕不该说的话不慎说出,
　　我只好转身躲到远处,
　　　　在路边消磨时光——
投来一瞥吧,看看我心里究竟有什么!

我膜拜神的祭坛
　　常年在浓黑的夜色里,
以你一阵朗笑的火焰
　　　　将漆黑的夜幕击碎!
　　冷清的夜晚白天,
　　编织遐想的花环,
　　　　嘴里哼着民谣——
你屏息静听,看看我心里究竟有什么!

你神奇的游戏

你神奇的游戏
　　使我万世永生，
你斟满我倒空的心杯
　　以崭新的生命。
你携带小巧的情笛，
　　跨过山冈，越过流水。
你吹了多少支乐曲，
　　我告诉哪一个人？

在你甘露般的抚摩下，
　　我这颗心
消失于无边的欢乐，
　　发出欢快的乐音。
你日夜不停的赐予
　　只装在我一只手里。
一个个时代消逝，
　　赐予仍注入我手中。

滴溜溜转动的荷眼

你那滴溜溜转动的荷眼
　一瞬间带我摆脱了羁绊。
于是我的心朝晴空敞开，
　心中拥抱着远处的芳菲。
　宁静的树荫下碧草通过触抚
　在我周身轻轻诉说相思之苦。
芒果花香，林木的摇曳，水浪的起伏……
　簇拥在我的胸前。

当你凯旋归来

哦,勇士,跨上战车,
　驶向鏖战的疆场!
姐妹们编着祝捷的花环,
　满怀胜利的希望。
哦,勇士,当你凯旋归来,
　我们的衣裙铺在大路上,
压住褐黄的尘土,
　引你步入芳心的殿堂。
哦,勇士,你的微笑顷刻间
　漾在我们盈泪的眼角。
你携回的骀荡春风
　染绿故园的残枝枯梢。
你手擎的辉煌金灯
　照亮凄暗的万千居室,
像在黑夜广漠的额际,
　圆月描一颗鲜亮的吉祥痣。

心　　海

心海的此岸,彼岸,都在漂浮,唉,女友,
　　眼眶里涌满泪水。
　　不管朝哪儿张望,唉,女友,
　　看不见熟悉的东西。
心情不觉有些紧张,海里涨潮,翻涌巨浪,
　　今日难道袭来台风?女友啊
　　堤坝怕是危在旦夕。
我这鲜嫩的青春为什么面临绝境?
突然间不知哪儿刮来一阵猛烈的狂风,
　　不知不觉心境暗淡,失望充斥心田——
谁知这是什么渴望,谁知这是什么痛楚——
　　不知如何加以抑制。

爱恋的心杯

举起吧,举起我斟满爱恋的心杯!
畅饮吧,爱恋已溢出我破裂的心!
　　胸膛里载着这心杯,
通宵啊,我徘徊个不停。
　　天已破晓,
收下吧,收下这心杯,我的情人!

欲望闪射着熠熠光辉,
　　举我的心杯,贴你的樱唇!
这佳酿溶合着你的娇喘,
　　溶合着霞光初映的花粉,
来吧,把你迷人的眼神也溶进!

秘爱的深潭

我为之凝望大路的人儿，
　正在路途中漂泊。
他在观察，他不露面，
他躲在爱情的后面——
我这颗心沉入
　他秘爱的深潭。

不凭仪表迷醉你

我不凭仪表迷醉你,
　　迷醉你以爱的执著。
我不伸手推你的房门,
　　开你的房门以一首恋歌。
我不为你购置珠钏玉佩,
　　不为你编冶艳的花环。
我用真诚制作的项链
　　挂在你丰满的胸前。
无人知晓我如清风吹过,
　　使你感情的浪花翩翩起舞。
无人知晓我似圆月的引力,
　　使你的心潮涨起伏。

因为有你的爱

因为有你的爱，
诽谤、指责，我默默地忍，
不理会污黑的脏水
泼了我一身。
我已捡光路上的蒺藜，
在你的土榻上铺了
我穿的渴望你爱抚的纱丽。
我不死抱传统礼教，
我不抗着贞烈的宝座奔波。
我宁愿走在泥泞的路上，
胸口溅沾浊水的泡沫。

寻找隐藏的心迹

我的目光潜入你的眼底，
　　寻找隐藏的心迹。
由于眼睫的暗影的干扰，
　　前进的道路骤然消失。
询问你缄默的眼神，
　　许久没有满意的回应。
茫然无助，环顾四周，
　　坠入满眶的泪水。

你心里可曾感受到
　　我这情话闪射的光泽？
可有人听清我携来的
　　花环的芳香的诉说？
一路上踽踽独行，
风中遗留下哀痛——
情笛散布忧郁的阴影，
　　可有人听懂它吹出的心语？

月亮的笑容之堤决口

月亮的笑容之堤决口,清辉洒落人间,
哦,晚香玉,倾倒你芳香的琼浆!
粗憨的晚风不知道从哪儿传来热切呼唤。
花林里抚弄的花儿,朵朵它都喜欢。
碧空的眉宇间,今日有一颗檀香痣。
一行大雁今日飞出艺术女神的花苑。
月亮,你正把天国仙花的花粉撒向人世?
洞房花烛是由天宫里哪位仙女点燃?

让我用……

让我用心林里繁花的颜色
 把你的纤足染得更娇艳!
让我用一首首恋歌的旋律
 为你的耳朵装扮!
让我用心中炽热的情感
 编成你胸前的红宝石项链!

冷峻的外乡女

我不知道装得冷峻的外乡女的芳名。
心版上描画的她的肖像远看似蜃景。
　东风吹送的她的轻舟不晓得
　　何时在这破败的码头旁驶过，
快捷地冲向远方蔚蓝的天空。

我疲惫却专注地计算着远遁的波浪。
离去的人不会回头看身后的人的面庞。
　我心里清楚追不上离人，
　　仍以萨哈那调弹奏心声，
奢望凄凉的思绪在谁的宅邸找到知音。

迟 疑

你如果制止,
　　恋歌飞不出我的歌喉,
你如果害羞,
　　你的娇容,我不再凝注。
悄悄地编织花环,
你如忽然遇到困难,
我不再朝你的花园
　　迈出脚步。
你如果制止,
　　恋歌飞不出我的歌喉。

半路上你如果冷不丁
　　站着不动,
我立刻吃惊地去做
　　别的事情。
如果在你的河滩
忘记掀起狂涛巨澜,
我就不再远航,
　　驾着我的小舟。
你如果制止,
　　恋歌飞不出我的歌喉。

嬉　　戏

为什么叮叮当当摇响手镯，
　　那么诡秘？
哦，你快回家，金色的陶罐
　　装满河水。
为什么哗啦哗啦假意搅起
　　一圈圈涟漪？
为什么焦急的眼睛东张西望，
　　你在等谁？
　　那么诡秘！

你看朱木拿河边懒洋洋的时光
　　糊里糊涂流逝，
一朵朵欢笑的浪花交头接耳，
　　潺潺低语，
　　那么诡秘！
你看河对岸一片片云彩在
　　天边聚集，
他们笑容满面对你的面孔
　　默默凝视，
　　那么诡秘！

你 是 谁

你是谁？
解开缆绳，驾驶我的梦舟。
彩帆鼓满狂野的风。
梦魂放歌，自在优游，
伫立在微颠的船首，
身晃，神荡，
奔向你远方的港口。
我多余的顾虑
尽抛在身后。
撩开你的面纱，
抬起你的明眸，
用你娇媚的笑容
消释我心中的忧愁。

别无所求

你是我你是我生命唯一的祈求，
除了你，人世间我一无所有。
如果你缺少幸福，去寻找幸福吧，
心中得到了你，我别无所求。

啊,漫长的昼夜,啊,漫长的岁月,
我的灵魂伴随你,分担你的忧愁
　如果你另有所爱,
　如果你不再回来,
愿你得到你想要的一切,
　别管我一夜间愁白了头。

谁的目光之风吹动你的心旌

谁的目光之风吹动你的心旌,
　　使你整天心神不安?
沉甸甸的泪珠压瘪你的笑靥,
　　你的愁绪裹着一层层沉默,
　　言词罩着乐音的帷幔。

谁的点金石触了你的心,
　　你心空出现金色的云片?
岁月的川流上起伏着
　　金灿灿时辰的波澜。
　　你的秋波在光影中微颤。

仍要记住我呀

假如我永远离去，
假如新爱之网压死旧爱，
　仍要记住我呀！
　假如我近在咫尺，
你视而不见，我像似有似无的影子，
　仍要记住我呀！
假如双眼涌满泪水，
假如春夜里停止嬉戏，
假如秋晨你身陷杂事，
　仍要记住我呀！
假如回首往事，
你干涩的眼角没有泪水涌溢，
　仍要记住我呀！

胆小的爱恋

大获全胜,为何除不尽疑虑?
哦,胆小的爱恋,
浴着希望之光照样不踏实,
漾出笑容,泪滴犹挂在腮边。

重逢的甘霖半空飘落,
分离的火焰已经熄灭。
为何莫名的悲苦使心儿焦灼,
隐痛之火照样炽烈?

短暂的幻觉破裂无存,
难道仍砍不完心田娇嗔的残根?
该寻觅的已经到手,
该挑明的已经明白,
猜忌的树冠下面,
缄默的真心话仍吐不出胸怀。

我 深 信

神色凄楚分别的时候，
你弄脏你的脸，
我看得清清楚楚，
这是你高超的表演。
车辇上你刻了个记号——
我深信与你
　　幽会一天的人儿，
今生今世你不会忘掉。

你不时装出永别的样子，
害得我胆战心惊。
你白费心机掩饰
你的真爱你的柔情。
我深信幽会的种子
一定会在新生命中
萌芽，因为它已由
溶和情愫的泪水泡浸。

肝肠寸断的相会

如果真是分离的时候,
请赐予我最后一吻。
往后我在梦中吟唱着
追寻你远方的踪影。
情人啊,你要常来看一眼
　我的窗口,
　　　　冷清的窗口。

树林边的豆蔻的青枝
在沉郁的香气里窃窃私语。
树梢上的鸟儿啊,
往后你会带回回忆——
今天斯拉万月湿润的绿荫里
　我们的相会,
　　　　肝肠寸断的相会。

我不怕离愁

不,不,我不怕离愁。
我用忠贞的甘浆把它注满。
泪水中濯洗得纯净,
我把它织入思恋的花环,
　　　　挂在胸前。

你从我眼里步入我的心房,
你的心声融化在我的歌里。
关山阻隔的寂寞的日子,
我在遐想之光下与你相见,
这是爱情的专一,
　　　　不可撼移。

火炼的爱情

泪泉中沐浴，
圣火中苦修，
熠熠生辉的赤诚
超越生死。
　　　　它的光荣
　　　　　　　永不销蚀。

守望的彼岸，
分居的所在，
离情之火炼纯的坚贞
具有欲火难毁的永不变色的特质。
　　　　它的光荣
　　　　　　　永不销蚀。

痛苦之火
炼就的爱情
如闪光的金子。
　　　　它的光荣
　　　　　　　永不销蚀。

爱国歌词

起　航

死寂的恒河翻卷巨浪，
高呼"胜利属于母亲"，驾船起航！
水手兄弟，你们在哪里？
来吧，发出雷鸣般的呐喊，
解开缆绳，摇橹划桨！
债台一天天高筑，
不得私下再做交易，
双手不容他人捆绑。
码头上受缚的日子已经结束，
怎能继续徘徊！
置生死于度外，
来吧，扬帆远航！

奋勇前进

低声下气,如何给人力量!
不要唯唯诺诺,昂首挺胸!
不要羞怯,不要畏惧,首先战胜自己!
振臂一呼,民众纷纷响应,

一旦踏上征途,别想再走回头路,
不要一次次瞻前顾后,
三界①不存在恐惧,恐惧只在心中,
迈开无畏的脚步,奋勇前进!

---

① 天堂、人间、地狱。

响应祖国母亲的号召

响应祖国母亲的号召
从四面八方走到一起!
一家兄弟好像陌生人,
还要持续多少日子!
你听谁在心中呼唤——
团结起来,团结起来!
冷淡母亲庄严的呼吁,
谁能与别人和睦相处?
往日不管在哪儿生活,
心田上仿佛矗立着壁垒,
谁不知道心中的痛苦
已成为维系心灵的纽带!
填平贵贱的鸿沟!
擦去愧悔的泪水!
身边看见自己的兄弟,
心中升起新的希冀。
多年的努力结出硕果,
我们汇成浩瀚的人海。
簇拥在祖国母亲的身边,
亿万兄弟无比亲密!

啊，舵手

啊，舵手，我们列队踏上征程，
　　向你致敬！
让风暴袭来，让海涛翻涌，我们决不回头。
　　向你致敬！
啊，舵手，我们不怕艰难险阻，为你发出
　　胜利的欢呼声。
高喊"别怕"，推船下海，快掌舵驶往彼岸！
　　向你致敬！

啊，舵手，我们探寻道路，不迷恋
　　故居的亲人。
在你登船的时候，我们不分你我，同甘共苦，
　　向你致敬！
啊，舵手，再没有内外之分，再没有
　　亲疏之分。
啊，舵手，我们望着你的面孔，愉快地承担责任。
　　向你致敬！

啊，舵手，我们操起木桨，升起征帆，
　　请握住舵柄！
我们无所畏惧，生死是波涛之舞，
　　向你致敬！
啊，舵手，我们不再返回，前进的动力
　　在远方找寻。

我们知道最重要的是你和我们在一起，
　　向你致敬！

诗歌卷

啊，薄迦梵[1]

啊，薄迦梵，
让孟加拉的土地孟加拉的河水，
让孟加拉的和风孟加拉的果实，
　　饱含德善，圣洁无比！
啊，薄迦梵，
让孟加拉的田野孟加拉的树木，
让孟加拉的房屋孟加拉的集市，
　　饱含德善，圣洁无比！
啊，薄迦梵，
让孟加拉人的志向孟加拉人的憧憬，
让孟加拉人的辛劳孟加拉人的誓词，
　　结出硕果累累硕果累累。
啊，薄迦梵，
让孟加拉人的生命孟加拉人的心灵，
让孟加拉人的亿万兄弟姐妹
　　团结起来团结起来。

---

[1] 司掌宇宙之神。

英姿飒爽的母亲

悄然走出孟加拉的心宫,
今日你英姿飒爽,啊,母亲,
见了你我再不能收回目光,
今日你的金庙开启了重门。

你右手握的宝剑闪着寒光,
你左手又奋力消除惶恐;
眉宇间你第三只眼喷射火焰,
你双眼含着仁慈的笑容。
我惊讶地注视你神奇的容貌。
今日你的金庙开启了重门。

你披散的长发间隐藏云中的霹雳,
阳光灿烂的天空中悬曳着你的长裙。
我惊讶地注视你神奇的容貌。
今日你的金庙开启了重门。

不关注你神态的日子,
我以为你是苦命的母亲,
独自住在破旧的草屋,
忍受的苦难无穷无尽。
如今哪有你贫寒的衣衫,
如今哪有你憔悴的笑容。
你双足闪射的金光耀亮天空。

我惊讶地注视你神奇的容貌。
今日你的金庙开启了重门。

痛苦之夜,让世界沉浸于欢乐的大潮,
让你无畏的呐喊激奋亿万心灵。
见了你我再不能收回目光,
今日你的金庙开启了重门。

印度——吉祥仙女

你摇荡着寰宇的心旌,
你承托太阳的手灿亮、洁净,
　啊,哺育万民的母亲!
蔚蓝的海水洗尽你纤足的疲倦,
你头戴晶莹、洁白的雪冠,
太空吻你的秀额——喜马拉雅山,
　和风吹拂你的绿裙。
你的天空升起第一轮红日,
第一声娑摩吠陀在你的净修林传播开去,
充栋的诗集,宗教、科学典籍
　诞生在你的森林。
你在诸邦施舍食粮,
你善行的甘美乳浆
在恒河、朱木拿河流淌,
　你的恩德万世长存。

适得其反

他们的铁链愈是冷硬,
　　更多的锁链定将粉碎。
他们血红的眼睛愈是凶狠,
　　我们的目光愈加敏锐。
没有时间再做美梦,
　　必须立即履行责任。
他们愈是狂呼乱叫,
　　昏睡过的我们愈加清醒。
他们愈是疯狂破坏,
　　更多的建筑拔地而起。
他们愈是残酷镇压,
　　反抗的浪潮愈加汹涌澎湃。
你们不可丧失信心,
　　身边站着清醒的世界主宰——
他们愈是蹂躏宗教,
　　他们更多的军旗坠落尘埃。

母亲,向你致敬

亿万人奔向一个目标,
亿万颗心连在一起。
　母亲,向你致敬!
来吧,千难万险,来吧,毁灭!
亿万个心灵无所畏惧。
　母亲,向你致敬!
我们不怕狂风暴雨,
挺起胸膛,阻挡惊涛骇浪,
不惜献出自己的生命,
决不让钢铁般的团结破碎!
　母亲,向你致敬!

金色的孟加拉

（孟加拉国国歌）

金色的孟加拉，我爱你，
你的碧空你的和风在我心中永吹情笛。
啊，母亲，春天你的芒果花香使我陶醉，
啊，母亲，秋天在你丰收的田野，
我看见甜美的笑意。

你的树荫多么旖旎，
你的爱抚多么真挚。
榕树底下河流两岸你铺展的绿裙无边无际。
母亲，你说的每句话，像琼浆一样甜蜜。
母亲，一见你面容憔悴，
我眼里涌满泪水。

在你的游戏室里，我度过童年，
身沾你的尘土，我一生荣耀无比。
白昼消逝，黄昏你在屋里点烧灯烛，
母亲，我不再做游戏，
一头扑进你的怀里。

你那牛羊踯躅的旷野，行船如梭的渡口，
终日鸟儿歌唱、树影婆娑，你村庄的街巷里，
你堆满稻谷的庭院里，我消度着岁月，
啊，母亲，你的牧童你的农夫，
都是我的兄弟。

母亲,我匍匐在你的足下向你顶礼,
赏赐我你足上的尘粒,那是我桂冠上宝石。
母亲,穷人所有的财富,敬献在你的足前,
母亲,我决不容异域舶来的绞索
作为你颈上的首饰。

印度的主宰

（印度国歌）

胜利属于统治民众之心的印度命运的主宰！
旁遮普、信德、摩罗塔、达罗毗都、
孟加拉、古吉拉特，
文底耶山、喜马拉雅山、白浪滔天的印度洋、
朱木拿河、恒河，
在你的圣名下复苏，
祈求你吉祥的祝福。
你的凯歌，高唱起来。
胜利属于为民造福的印度命运的主宰。
啊，胜利，胜利是属于你的！

听着你高亢的响彻四方的声音，
印度教徒、佛教徒、锡克教徒、基督教徒、穆斯林、
波斯人，来自东西边陲，
聚集在你御座的周围，
编成的花环溢散着爱。
胜利属于团结民众的印度命运的主宰。
啊，胜利，胜利是属于你的！

盛衰的坎坷路上世代奔走着旅人，
旅途日夜回响着永恒御者的辚辚车声。
艰难的革命中，
你吹响号音，
排除危险和祸灾。

胜利属于指示民众前进的印度命运的主宰。
啊,胜利,胜利是属于你的!

当浓黑的长夜窒息了大地,
你清醒地用坚定温善的目光对它凝视。
从恐怖的噩梦中,
慈爱的母亲,你拯救它的生命,
把它搂在胸怀。
胜利属于拯危济难的印度命运的主宰。
啊,胜利,胜利是属于你的!

夜尽天明,东方的额际升起太阳,
百鸟歌唱,纯洁的晨风倾斟新生的甘浆。
你以朝霞的爱抚
唤醒昏睡的印度。
它在你足前俯身膜拜。
胜利属于统辖众王的印度命运的主宰。
啊,胜利,胜利是属于你的!